劣等眼の転生魔術師
~虐げられた元勇者は未来
生き抜く~
vol.6
柑橘ゆすら
illustration
ミユキルリア

「な、ならさ……。アタシと一緒に踊らない？」
「私も、一緒に踊りたい。」
エリザ
『火の勇者』の子孫。
自身のアベルへの気持ちに
素直になりつつある。

ノエル
『水の勇者』の子孫。
大人しい性格だがアベルに
対してのみ積極的。
エリザより、私と踊った方が絶対に楽しいよ」
アベル
200年前の世界から転生した、
最強の瞳『琥珀眼』を持つ
天才魔術師。
テッド
アベルのことを師匠と慕う
ぼんぼん貴族。
ザイル
アベルに説教をする
唯一のクラスメイト。

「ふふふ。たまには良いものですね。
こうして二人で戯れてみるのも」
たしかにリリスの言葉を強く否定する気にはなれないな。
誰もいない時計台の上でリリスと二人、舞い遊ぶ。
静かだ。
まるで時計が秒針を刻むのを
止めているかのような瞬間がそこにあった。

けれども、楽しい時間
というものは、いつの時代も、
あっという間に過ぎ去ってしまうものだ。

歯を食いしばれ。
バース

機械で肉体を強化しているとはいえ、
それ以外の部分に関しては素人同然である。
こちらからの反撃は一発あれば十分だ。
正常に魔術が使えるようになれば、
俺がバースに後れを取ることはありえないだろう。
ぐぎゃぁあああぁ！
俺の拳を受けたバースは、
地面の上を転がり回る。

CONTENTS

The reincarnation
magician of
the inferior eyes.

ダッシュエックス文庫

劣等眼の転生魔術師6
~虐げられた元勇者は未来の世界を余裕で生き抜く~

柑橘ゆずら

第一話

EPISODE 001

読書の秋

The reincarnation magician of the inferior eyes.

俺こと、アベルは二〇〇年前から転生してきた魔術師である。

照り付ける猛暑が過ぎ去り、少しだけ過ごしやすい時期に入ってきた日のことだ。

読書の秋、という言葉がある。

秋になると夜も長くなり、窓を開けながら読書に興じる時間は、何よりも至福のものとなるのだ。

夏が過ぎるにつれて、俺の読書量も自然に上がっていった。

その日、趣味である読書に興じるべく近くにあった古書店を訪れていた。

「バウッ！　バウバウバウッ！」

店の前に小型犬がリードによって繋《つな》がれている、この店は、最近になって俺が発見した『穴場』の書店である。

店の規模だけでいうならば学園近くにある大型書店に大きく見劣りするのだが、この店が取り揃えている本のラインナップは専門的で、実に『俺好み』のものが多いのである。

ふうむ。

今日も興味深い本が取り揃えられているな。

『魔道具《レガリア》の歴史』。『魔道具製作の知識（応用編）』か。

古式魔術に関する知識は、俺にとって既に知り尽くしたものだからな。

ここ最近の俺の興味は、もっぱら現代魔術、つまりは魔道具に関するものに集中していた。

「坊や。いつも買ってくれて、ありがとうねぇ」

会計を済ませると、顔見知りの老婆《ろうば》が声をかけてくる。

「ああ。こちらこそ、いつも世話になっている」

実際、最近の俺は、週に二回か、三回くらいの頻度《ひんど》で、この店に通っていた。

俺がこの店を好んで利用している理由は他にもある。

二〇〇年前に俺が通っていた書店に雰囲気《ふんいき》が似ているのだ。

懐かしいな。

金のなかった幼少期、俺は書店の前に繋がれていた犬を散歩させてやる代わりに、店の本を立ち読みさせてもらったものである。

「そうだ。坊やには言っておこうと思っているのだけど、ウチの店、来月には閉めようと思っているの」

「…………!?」

老婆の言葉を受けた俺は、軽くショックを受けた。

たしかに、この店は他の大型の書店に比べて、客入りが良いというわけではなかった。

だが、俺を含めた固定ファンは多いはずだ。

一般の本に比べて、専門書は単価が高いため、商売としては十分に他店とは差別化はされていると思っていたのだけどな。

「理由を聞いても良いか？」

「元々、経営は苦しかったのだけどねえ。最近では、こういうものが作られているみたいなのよ」

　そう言って店の老婆が差し出してきたのは、見慣れないタブレット型の魔道具が描かれた広告チラシであった。

「これは……？」

「さぁ。取次の人が紹介してくれたものなのだけどね。なんでも、この魔道具があれば、お客さんが自由に本を注文できるらしいのよ」

　ふうむ。どうやら、このタブレットは、店の中で客が欲しい本を自動で取次先に注文できるものらしいな。

「ウチは他の書店にはない専門書を取り扱うことでお客さんを増やしていたのだけれども……。こういうものが作られたりしたら、ウチはもう厳しいねえ」

なるほど。

たしかに痒《かゆ》いところに手が届くラインナップがウリの店は、こういった魔道具が普及してしまうと厳しい経営を迫られるのだろう。

今は書店の中だけに留まっているようだが、ゆくゆくは、各家庭にこういった魔道具が置かれて、家にいながらにして本を買うことができる時代が来るかもしれない。

時代の流れ、というものは、残酷《ざんこく》なものなのだな。


「店を閉めた場合、この店に置かれている本はどうなるんだ?」

「業者に引き取ってもらうつもりだよ。欲しい本があれば、今のうちに言っておくれ。取り置きしておくから」

「そうか……。心遣い、感謝する」


ふうむ。

困ったことになったな。

いくら客側が自由に本を注文できるような時代が近づいてきているとはいっても、この店は既に絶版になっている貴重な本の取り扱いも多いのだ。

できることなら店が閉められる前に貴重な書物は買い取っておきたいところである。


「アベル！」


その少女に声をかけられたのは、俺が頭を悩ませながら店を出た直後のことであった。

日傘を差した少女。

ノエルだ。

美しい青髪の髪を持ったノエルは、二〇〇年前の時代に《水の勇者》と呼ばれたデイトナの子孫であり、俺と同じ古代魔術研究会に所属する仲間であった。


「嬉しい。アベルも来てたんだ」


俺の姿を見かけたノエルは、尻尾《しっぽ》を振った子犬のように駆け寄ってくる。

この場でノエルと出会ったのは、偶然というわけではない。

元々ノエルはこの店の常連客であり、俺もこの店の存在をノエルから教えてもらったのだった。

「どうしたの？　浮かない顔をして？」

「……ああ。実を言うと色々と嫌な話を聞いてしまってな」

事情を尋ねられたので、俺は店の中であった出来事を説明してやることにした。

ノエルは俺の言葉を、まるで自分の身に起きたことのように親身になって聞いてくれた。

「……大体、分かった。アベル、お金が必要なんだ？」

暫《しばら》く事情を話したところでノエルは、ポツリと核心を衝《つ》いた言葉を口にした。

「まあ、かいつまんで話すと、そういうことになるかな」

残念なことに現在《いま》の俺は、学生の身分に過ぎない。

二〇〇年前に命を救った魔王の娘であるリリスに養われている立場なのだ。

リリスに相談すれば、追加で生活費を補《おぎな》ってくれはするだろうが、これ以上、あの女に借りを作るのは気が進まない。

『ふふふ。アベル様は仕方のない方ですね。これで『貸し一つ』ですよ♡』


想像するだけで、頭が痛くなってくるな。

目を閉じれば、あの女の得意顔が瞼《まぶた》の裏に浮かんでくる。


「アベル。これ」


んん？　これは一体どういうことだろうか？

俺がそんなことを考えていると、ノエルが掌《てのひら》に何か冷たいものを置いてくれた。

なんだろう。ズシリとした重みがあるな。

金貨だ。

それも結構な量がある。

これだけの量があれば、本どころか、店の一軒くらい丸ごと買うことができるかもしれない。

「……悪いが、こんな大金を受け取るわけにはいかないな」

忘れていたが、ノエルの家は、超が付くほどの金持ちだった。

まあ、水の勇者デイトナは他に類を見ないほど商売の才能がある女だったからな。

その才能が子孫たちに脈々と受け継がれているのだとしたら、ノエルの家が大きくなるのも納得がいくものがある。


「ううん。違うの。これは取引」

「……？　どういうことだ？」

「私、お金あげる。アベルは私に愛をくれる。この取引、どう？」

「…………」


おいおい。この女は、一体、何を言っているのだろうか？

いくらなんでも愛情と金銭のトレードは成立するはずがないだろう。

どうやらノエルは、何か歪んだ思想を持っているようだ。

「悪いが、金は受け取れない。必要な金は自力で稼《かせ》ぐことにするよ」

「……そう。残念」


何故だろう。

キッパリと断りの返事をすると、ノエルは心から残念そうな表情を浮かべていた。


「何かアテがあるの？」

「さあな。まあ、色々と考えれば何かしらアイデアは出てくるだろう」


俺のいた二〇〇年前の時代からそうだった。

優れた魔術師の周りには常に仕事の依頼が絶えず、基本的には金回りのことで不自由することはないのだ。

現代においても俺の持っている力を利用すれば、書籍の代金くらいは十分に稼ぐことが可能だろう。


「分かった。ならせめて、私も協力させてほしい。アベルの力になりたいの」

「ああ。それくらいなら良いだろう」

「本当⁉　私、頑張る！」

俺が許可を出すとノエルは花が咲いたような笑顔を浮かべる。

むう。こうしていると嫌でも二〇〇年前の記憶を思い出してしまうな。

かつて俺はノエルの先祖である水の勇者デイトナと一緒に、様々な金策に走っていたのだ。

もしかしたらノエルにも、デイトナが持っていた商売の才能の一部が遺伝しているのかもしれない。

今のところはその片鱗《へんりん》は見えないが、今回はその辺のことを期待してみることにしよう。

第二話

EPISODE 002

港のクエスト

The reincarnation magician of the inferior eyes.

それから。

資金集めを目標に定めた俺は、ひとまず身近な人間に相談してみることにした。

「なるほど。そこで自分に相談してくれたわけッスね！」

最初に俺が相談を持ち掛けた男の名前はテッドという。

二度目の人生における俺の『幼馴染《おさななじみ》』にあたる人物だ。

頭の回転が鈍いことが玉に瑕《きず》であるが、人当たりの良いテッドは比較的多くの人間から好かれやすい素直な性格をしていた。

「いやー。師匠《ししょう》も隅《すみ》に置けないッスねぇ。クールなように見えて、結局、師匠も楽しみにしていたんじゃないッスか！」

何故だろう。

俺としてはテッドにオススメのアルバイトの情報などを期待していたのだが、返ってきたのは意味深な言葉であった。

「……なんのことだ？」

「えっ！　師匠の資金集めって、学園祭に備えてのことじゃなかったんスか⁉」

「知らん」

どうやらテッドは何か大きな勘違いをしているようである。

だが、そうか。

たしか玄関前の掲示板にそのような内容のポスターが貼られていたような気もする。

秋というと『芸術の秋』という言葉もあるくらいだからな。

学園祭のような催《もよお》し事をするタイミングとしては、うってつけなのかもしれない。

「うーん。事情はよく分からないッスけど、自分も協力するッスよ！」

どうやらノエルに続いてテッドも、俺の資金集めに協力してくれるようである。

「何かアイデアがあるのか？」

「そッスね。師匠ほどの魔術の腕があるなら、アルバイトよりも学園の『クエスト掲示板』を見に行くのが早いと思うッスよ！」

「…………！　なるほど。その手があったか」

以前に何処《どこ》かで説明を受けたような気がする。

クエスト掲示板とは、アースリア魔術学園の生徒たちが学外からの仕事依頼を受注することのできる制度である。

俺のいた二〇〇年前の時代は、『冒険者ギルド』という施設の中で、似たような制度があった。

だが、現在は十年以上も前に『冒険者』という職業は廃止になっていると聞く。

学園の中に俺の知っている『冒険者ギルド』の制度が残っているとは、なんだか不思議な気分である。

～～～～～～～～～～～～～～～～


でだ。

テッドのアドバイスを受けた俺は、学園の地下にある『クエスト掲示板』を訪れていた。

「うお～！　なんだか凄《すご》い人の数ッスね～！」

学園祭のシーズンを迎えて、生徒たちが資金を欲しているのだろうか。

クエスト掲示板の前は、既に多くの学生たちの姿で、ごった返しているようであった。

「師匠！　こっちの隙間《すきま》から覗《のぞ》けそうッスよ～！」

「…………」

おいおい。よくそんな密集地帯に顔を突っ込めるな。

テッドと同じことをするのは気が引けるので、少しだけ背伸びをして掲示板の様子を窺《うかが》ってみる。

僅《わず》かではあるが、俺の身長はテッドよりも高いのだ。

ふうむ。

少しずつではあるが、掲示板の内容が見えてきたな。

肝心《かんじん》の内容はというと、俺が思っていたクエストとは随分《ずいぶん》と違っているようだ。

迷子の子猫の探索　報酬《ほうしゅう》８０００コル
（飼い猫のタマが行方《ゆくえ》不明になりました。見つけて頂いた方には謝礼を差し上げます）

河川敷の清掃《せいそう》　報酬７０００コル
（清掃作業を手伝ってくれる学生を募集しています。一日手伝ってくれた方には謝礼を差し上げます）

むう。どれもこれも報酬が安いな。

俺のいた二〇〇年前の時代は、魔獣の討伐《とうばつ》依頼が中心であったのだが、現代ではアルバイトのような内容が大半を占《し》めているようであった。

このレベルのクエストだと何個受けたところで、店が閉まる前に十分な金額を稼《かせ》げる気がしないぞ。

「なぁ。おい。お前、このクエスト受けてみろよ！」

「冗談だろ？　依頼主の名前を見てみろよ！　いくら金を積まれたところでコイツからの依頼だけはごめんだね！」

んん？　何やら生徒たちが騒がしいな。

どうやら新しく貼り出されることになったクエストが話題になっているようだ。

倉庫の整理　報酬150000コル
（港近くにある倉庫の整理を任せたい。無事に達成した学生には、謝礼金15万コルを渡してやろう）

なるほど。話題にのぼっているのは、このクエストのようだな。

生徒たちが騒ぎ立てるのも頷《うなず》ける。

このクエスト、報酬の額が他のものとは二桁《けた》違うようだ。

15万コルというと、王都で働く若い労働者たちの平均月収に相当する額である。

これだけの報酬を一日で得られるということは、引き受ける時はそれなりの覚悟をしておくべきだろう。


「テッド。このクエストを受けてみるか？」

「えええええええええええええええええええええええぇぇぇぇ！　いいんスか！　流石《さすが》の自分でも分かります！　このクエスト、怪しさ満載ッスよ⁉」


無論、リスクは承知の上である。

虎穴《こけつ》に入《い》らずんば、虎子《こじ》を得《え》ず、という言葉がある。

リスクとリターンは、常に表裏一体の関係となっているのだ。

このクエストの裏にどんなリスクが隠されているのか、個人的に興味がある。

テッドとノエルの三人で割っても一人当たり五万の報酬と考えれば、かなり実入りの良い仕事だろう。

～～～～～～～～～～～～～～～～～～～～～～～～～～～～


時刻は過ぎて休日。

早朝、待ち合わせ場所の学園前に集まった俺は、テッド、ノエルを連れて、王都の『東区画』を訪れていた。

港に面した工業地帯であるこのエリアは、多くの労働者が集まる場所である。

俺たち学生にとっては、あまり縁のない場所だ。

周囲には無数の倉庫と錆《さ》び付いたコンテナが建ち並んでおり、なんとなく物寂し気な雰囲気《ふんいき》を醸《かも》し出していた。

「お前らだな。オレ様から仕事を受けたいっていう連中は！」

指定された場所に到着すると、今回のクエストの依頼主と思《おぼ》しき男が既に待機しているようであった。

「学園から連絡を受けているよ。オレ様の名前はエドガー。近所にある魔道具リサイクルショップの店長よ！」

ふうむ。学生たちから警戒されるのも頷ける。

男という生物は、歳《とし》を重ねていくほど、その人間の『生き方』が人相に現れてくるものなのだ。

依頼主のエドガーは、見るからに性根の悪そうな雰囲気を醸し出していた。

「さっそくですが、仕事の詳細を聞かせてもらえますか？」

あまり会話を長引かせたくはないので、素早く核心に切り込んでみる。

「ああ。お前たちに任せたいのは、知っての通り、倉庫の清掃作業よ。期限時間内に倉庫の中を『清潔な状態』にすることができれば、約束の報酬を渡してやろう」

「えええ！　本当にそれだけで良いんスか⁉」

テッドが驚くのも無理はない。

本当に単なる清掃作業で15万コルの報酬がもらえるのだとしたら、破格にも程があるだろう。

「ああ。誓ってオレ様は嘘を言っていないぜ！　もしも虚偽の情報で人集めをしようものなら、お前たちの学園から怒られちまうからな」

「…………」

ふうむ。ウソは言っていないが、肝心なことは隠しているという感じの口振りだな。

実際、明らかに虚偽の仕事内容をクエスト掲示板に記載すれば、学園側から何かしらの処罰を課せられることは必至だろう。

だが、リスクとリターンは常に表裏一体のものなのだ。

この依頼の中に潜んでいるリスクについては、実際に作業を進めてみないことには、詳細なことは分からないかもしれないな。

「着いたぜ。この倉庫が、お前たちに清掃をお願いしたい場所だ」

でだ。

エドガーに案内されて向かった先は、港の中に無数に建ち並んでいる倉庫の一つであった。

むう。見たところ特に怪しい様子はないみたいだな。

何かトラップが仕掛けられているような気配もない。

今のところは、ごくごく平凡な普通の倉庫のようだ。


「よーし！　頑張るッスよー！」

「アベル。いっぱい稼《かせ》ごう」


報酬に釣られて、二人もヤル気になっているようである。

少しでも怪しい様子があれば、引き返すのも選択肢《せんたくし》であったが、今のところその心配はなさそうである。


「さあ。早く！　入った！　入った！」

何処《どこ》となく胡散臭《うさんくさ》い雰囲気を感じつつも、依頼主に促されて倉庫の中に足を踏み入れる。

異変が起こったのは、俺たち三人がちょうど倉庫の中に入ったタイミングであった。

ガチリッ！

突如としてカギの閉まる音が鳴り響く。
おいおい。随分《ずいぶん》と物騒なことをするのだな。
どうやら外側からカギをかけられてしまったようである。

「ちょっ！　何をするんスか⁉」

抗議をしつつ、開こうとするテッドであったが、どうやら扉は内側からは開けられない仕組みになっているようだ。

「ナハハハ！　じゃあな！　心配しなくても、日没になったら開けてやるからよ。キッチリと働いてくれな」

ふうむ。益々《ますます》と怪しい展開になってきたな。
普通の清掃《せいそう》作業であれば、学生を倉庫の中に閉じ込めるような真似《まね》はしないだろう。
やはり、この倉庫の中には、何か大きな秘密が隠されているようである。

〜〜〜〜〜〜〜〜〜〜〜〜〜〜〜

さて。
肝心《かんじん》の倉庫の中はというと、パッと見た感じ、特に異状はないようだ。
だが、生臭《なまぐさ》い、獣の気配がするな。
おそらく報酬が高額に設定されている原因は、物陰に潜んでいる『奴ら』の仕業《しわざ》なのだろう。

「アベル。アレ……！」

異変に気付いたノエルが、倉庫の物陰に向かって指をさした。

「モキュッ！」

ノエルが指さした先にいたのは、尻尾《しっぽ》を除いた体長が優に40センチは超えようかという大型のネズミのモンスターであった。

「バッドラットか」

バッドラットとは主に森林部に生息する小型の魔獣である。
性格は悪戯《いたずら》好きで狡猾《こうかつ》。
他のモンスターが仕留めた獲物を横取りしたり、家主が不在のタイミングで巣に潜り、タマゴを食い荒らしたりと悪知恵の働く生物だ。

「いやにでかいな」

敵を前にした俺が率直《そっちょく》に抱いた感情である。

「モキュキュッ！」

二〇〇年前の時代に生息していた俺の知っているバッドラットとは、外見が違っているようだ。

なんというか、随分とでっぷりとした個体のようだな。

おそらく元々の生息地で会った森林部から、食糧が豊富な都市部に居住地を移すことによって、体が肥大化《ひだい》していったのだろう。

「なんだか知らないッスけど！　あのネズミをやっつければ良いんスね！」

今回ばかりはテッドの言葉も的《まと》を射《い》ているな。

与えられた『倉庫の中を清潔にする』という仕事を達成するためには、ネズミの駆除《くじょ》は避けては通れない試練である。

今回の依頼の報酬《ほうしゅう》がやけに高額に設定されていたのは、バットラットの討伐《とうばつ》に大きなリスクが伴《ともな》うことを見越してのことだったのだろう。

「うおおお！　火炎連弾《バーニングブレット》！」

テッドが高らかに叫んだ次の瞬間、空気が震える。

直後、テッドの右手からは直径20センチほどの炎の弾丸が放たれた。

なるほど。

俺が与えている日頃の課題について、地道に続けているようだな。

前に見た時と比べて、多少は威力も上がっているようだ。

だがしかし。

今回に限っていうと、テッドの行動には致命的なミスがあった。


「ストップだ」

「んがっ……！」


俺はテッドの動きを右手で制止しつつも、《反証魔術》を使ってテッドの魔術をかき消してやることにした。

使いようによっては便利な《反証魔術》であるが、使用には相当な実力差が必要になってくるのがネックとなる。

相手の魔術の構築を読み取り、その魔術とまったく逆の構文を作り出す。

その一連の流れを、遅くとも相手の魔術の発動直後までに実行する必要があるからだ。

「えええええ！　何をするんスか！　師匠《ししょう》！」

「俺たちの目的は『倉庫の清掃作業』にあるんだぞ？　火属性の魔術は厳禁だ」

「あっ……！」


ようやく自分の過ちに気付いたようだな。

そう。

仮にバッドラットを退治できたとしても、その代償として、倉庫の中が滅茶苦茶《めちゃくちゃ》になってしまったら本末転倒というものだろう。


「これから火の魔術は一切禁止だぞ」

「そ、そんな！　自分は師匠みたいに器用じゃないッスから！　炎の魔術以外は、10パーセントの力も出せないッスよ！」

俺の言葉を受けたテッドは、すっかり意気消沈してしまったようである。

だが、まあ無理もない。

俺の持つ《琥珀眼《こはくがん》》は全属性に適性を持つ特別なものなのだが、一般的な魔術師たちは自分の得意系統の魔術以外は、30パーセントの力も出すことができないのが普通であるのだ。

どうやらテッドは、10パーセントの力を出すこともできないらしい。

もっとも、こればかりは《琥珀眼》の俺が教えられる問題でもないので、仕方がない部分もあるのだろう。

「大丈夫。私に任せて……！」

テッドの代わりに動いたのはノエルであった。

「氷結矢《アイスアロー》」

ノエルは極小サイズの氷の矢をバッドラットに向かって飛ばしていく。

なるほど。

火属性の魔術と違って、水属性の魔術であれば、倉庫の中の設備を滅茶苦茶にすることはなさそうである。

器用なやつだ。

倉庫内の備品を壊さないよう威力も調整しているようだ。


「…………!?」


だがしかし。

おそらく魔術の威力を調整したことが裏目に出たのだろう。

ノエルが構築した渾身《こんしん》の魔術は、寸前のところで回避されることになってしまった。


「チュー！　チュチュー！」

「なっ……！」


次に敵の取った行動は、俺にとっても少し予想外のものであった。

何を思ったのかバッドラットは、自らの手で大きなお尻を叩き始めたのである。

「ふふふ。良い度胸……！」

敵の挑発を受けたノエルは、珍しく怒りの感情を露《あらわ》にしているようであった。

ふうむ。

どうやら敵は、二〇〇年の時を超えて、パワーアップしているようだな。

単に体が大きくなっているというだけではない。

街で暮らして、人に慣れてきたという部分もあるのだろう。

ここにいるバッドラットたちは、以前にも増して、悪知恵が働くようになっているようだった。

さてさて。

どうしたものか。

多少はパワーアップしたようだが、所詮《しょせん》は低級モンスターの集団だ。

俺が本気を出して討伐すれば、ものの数秒で決着が付くことになるのだろう。

「せっかくの機会だ。コイツらの処理はお前たち二人に任せても良いか？」

「「…………!?」」

俺の思い過ごしだろうか。

指示を受けた二人は、心なしか眼の中にヤル気の炎を灯しているようであった。

「うおおお！　師匠に良いところを見せるチャンス到来ッス！　頑張るッスよおおお！」

「任せて……！　アベルの力になりたい……！」

ふうむ。

二人がヤル気になってくれたようで何よりである。

今回の敵は俺が倒したところで、得られるものは少なそうだからな。

二人が魔術師として成長するための、練習相手として利用するのが、最善の策のような気がする。

その間、俺はのんびりと倉庫の掃除《そうじ》をさせてもらうことにしよう。

第三話

EPISODE 003

VSバッドラット

The reincarnation magician of the inferior eyes.

それから。

思いがけない問題に直面したことにより、倉庫の中の『ネズミ退治』がスタートした。

「うおおおお！　待つッスよおおおおお！　ネズミどもおおおおお！」

どうやらテッドは、身体強化魔術を使用してネズミたちを追いつめる作戦に出たようだった。

得意としていた火属性の魔術を封じられた以上、他に選択肢《せんたくし》がなかったのだろう。

普通の学生であれば、身体能力だけでネズミを捕らえるのは無謀《むぼう》な挑戦というものだ。

だがしかし。

この男、身体強化魔術に関して『だけ』は、一流の魔術師と比べても劣らないセンスを持っているからな。

「ふふふ。追いつめたッスよ～！」

少し、驚いたな。
愚策《ぐさく》中の愚策と思われたテッドの作戦であったが、意外にもバッドラットを壁際に追いつめることに成功しているようだった。

「チュチュチュチュチュ⁉」

心なしかバッドラットも、テッドの身体能力に恐れおののいているように見える。
やれやれ。
この状況では、どちらが人で、どちらが獣か分からないな。
テッドの場合、下手《へた》に知恵を使うよりも、身体能力のゴリ押しでいく方が本人の性《しょう》にも合っているのだろう。

「観念するッス！」

「チュッ！　チュチュチュ～！」

ふうむ。
どうやら今回の勝負は、敵の方が一枚上手だったようだ。
追いつめられているように見えてキチンと退路を残していた。
間一髪《かんいっぱつ》のところで、バットラットは穴の中に逃げて、テッドの攻撃を回避する。

「ふがぁっ！」

勢い良く突撃したテッドが、壁に向かって激突する。
壁の中に作られた『穴』は、人間が絶対に通れないようなサイズになっていた。
ふうむ。
よくよく見ると、似たような『通り道』が無数にあるようだな。
倉庫の中は『敵のホーム』だと考えて、警戒しておいた方が良さそうである。

「氷結矢《アイスアロー》！」

苦戦しているのはテッドだけではないようだ。

仕事の性質上、威力の調整を余儀《よぎ》なくされているという部分もあるのだろう。

ノエルもまた、バッドラットに翻弄《ほんろう》されているようである。


「「「チュー！　チュチュチュー！」」」

「どうして……。当たらないの……？」


バッドラットの集団から立て続けに挑発を受けたノエルは、ショックで愕然《がくぜん》としているようであった。

野生の生物というのは、人間が思っている以上に勘が鋭く、俊敏に動くものなのだ。

彼らが生きている『環境』は、この時代の人間たちが暮らしているもののように生温《なまぬる》いものではない。

いかに魔術を鍛えたところで『勝負勘』という面では、比べ物にならないほど劣ってしまっているのだろう。

「師匠《ししょう》！　何かアドバイスを下さいッス！」

「私も。コツを教えてほしい」


二人が俺に助けを求めてきたのは、ほとんど同じタイミングであった。

やれやれ。

仕方のない奴らだな。

たしかに今のペースで作業を続けていても、約束の時間までに間に合うことは難しいかもしれないからな。

この辺りで俺が助言を送ってやるべきなのかもしれない。


「まず、質問しよう。二人は獲物を追う時、何を考えていた？」

「うおおお！　待てえええ！　ネズミどもおおお！　ですかね」

「当たれ！　当たれ！　かな」

呑気《のんき》な奴らだ。

だが、どうして二人の狩りが成功しないのか理由がハッキリとしたな。

「その前提を変えないことには厳しいだろうな。狩りの時に肝心《かんじん》なのは、『追われる側の立場』になって考えることだ」

「追われる側の……？」

「立場ッスか……？」


未だに釈然としない二人に対して、より具体的な事例を突き付けてやる。


「状況を入れ替えて考えてみろ。お前らだって、殺してやる！　と、考えているやつに追いかけ回されたら、警戒するだろう？」

「たしかに！　痛いのは嫌ッスね！」

「逃げたくなるかも……！」


野生の生物の場合、この『殺気に対するセンサー』というのが、人間の比にならないレベルで強く発達しているのだ。

悪意を持って近づけば、警戒心を持たれることは必須《ひっす》である。

「今の二人に必要なのは、ターゲットの立場になって、物事を考える力だろうな」

現在の二人が『本来の実力』を発揮できれば、今回の敵は楽々と蹴散《けち》らすことができるはずなのだ。

圧倒的に『実戦の経験値』が不足しているからこそ、野生の中で生きているバットラットに後れを取ってしまうのだろう。

「そうは言っても……」

「難しいですよ！　ネズミの気持ちなんて分からないッスー！」

ふうむ。どうやら助言だけではなく、実際に手本を示してやる必要がありそうだ。

ちょうど良いタイミングで獲物が姿を現したようである。

「俺の動きをよく観察しておくと良いぞ」

そう前置きをした俺は、対外に自然放出される魔力の流れを断ち切ってやることにした。


「こ、これは……!?」

「師匠の気配が薄くなったッス……!?」


もう気付いたのか。

この二人、魔力に対する勘は悪くないようだな。

魔力というものは、魔術を使用する以外にも、生きているだけで少しずつ消耗《しょうもう》されていくものなのだ。

この自然放出を意図的に絶つことで、『気配』を消すのは暗殺術の初歩の初歩である。


「凄《すご》い……!　アベルがここにいないみたい」


口で言うのは簡単であるが、この技術は一朝一夕《いっちょういっせき》で身に付くものではない。

長年、暗殺業を生業《なりわい》にしていた俺ですら、完全に魔力を遮断《しゃだん》することは不可能であるのだ。

二人の場合、50パーセントほどの魔力を消すことができれば上出来といえるだろう。

「戦闘の準備は、ここからが本番だぞ」

ここから先は、ありとあらゆるものを消していく作業だ。

足音を消し、息遣いを消し、全身の力みを消して、最終的には心臓の鼓動までも気配を消していく。

「「…………ッ!?」」

俺の体の変化に気付いた二人は、それぞれ声にならない言葉を漏《も》らして驚いているようであった。

声を出さなかったのは良い判断だな。

ここで誰かが声を発してしまえば、俺の準備が台無しになっていただろうさて。

こんなものかな。

堂々と歩いて近付いてみるが、獲物が俺の存在を認識することはない。

生命機能を維持するのに最低限必要なもの以外を削《そ》ぎ落としていくと、人間の気配というのは、途端に曖昧《あいまい》なものになっていくのである。

「ほら。慣れれば、こんな風に素手でも簡単に捕まえることができるぞ？」

もっとも流石《さすが》に素手で仕留めるレベルの技術は、この時代において俺くらいしか会得《えとく》していないだろうけどな。

以前に戦ったクロノスの暗殺者たちの気配を殺す技術は、なかなかに杜撰《ずさん》なものであった。

「チュチュッ……⁉」

俺に首根っこを摑《つか》まれたバッドラットは『何がなんだか分からない』という感じで呆然《ぼうぜん》としている。

「アベル！　今のどうやったの⁉」

「うおおお！　流石は師匠！　凄いッス！」

俺の動作を目にした二人は、口々にそんなコメントを残していた。

まあ、今の二人にこのレベルを求めているわけではない。

不慣れな人間が無理に鼓動の気配を止めてしまうと、危険極まりないだろうからな。

あくまで手本として提示したまでである。

「アドバイスはしたからな。後の奴らは任せるぞ」

学園の授業を受けているだけでは、戦闘で最も重要な『思考力』を培《つちか》うことができないからな。

今回の戦闘は二人にとっては、貴重な『実戦の場』となりそうである。


〜〜〜〜〜〜〜〜〜〜〜〜〜〜〜


「アベル！　また当たった！」

「師匠ー！　こっちも捕まえたッスよー！」

それから。

俺のアドバイスを受けてからの二人は、着実に戦果を伸ばしていくことになった。

ノエルが十一匹。テッドが二匹か。

どうやらこれで倉庫の中のネズミは、全て片付いたようだな。

後はネズミたちの死体を片付けて、約束通り倉庫の中を清潔な状態に戻してやれば、依頼を達成することが可能である。


「おいおい。マジかよ……」

約束の時間になって倉庫の中を訪れた依頼人、エドガーは目を丸くして驚いているようであった。


「おっちゃん！　約束通り倉庫はキレイにしたッスよ！」

「うぐっ。お前たち、倉庫の中にいたネズミはどうしたんだ？」

「ふふふ。オレを舐《な》めてもらっちゃ困るッスよ！　なんといってもオレは、名門アースリア魔術学園で、トップクラスの実技成績を収めた人間ですからね。人はオレを『魔王テッド』と呼んでいるッス！」

「…………」

まあ、嘘は言っていないのだけどな。嘘は。

魔王テッドとは、以前に体育の時間で俺が使用した魔術をテッドが使ったように偽装してから、呼ばれるようになった通り名である。

今回の場合、ネズミたちを倒したのは、ほとんどノエルなので調子が良いにも程があるわけだが……。

「畜生《ちくしょう》……！　学生だと思って侮《あなど》っていたオレの負けか……！」

この男は一体、何を言っているのだろうか。

今回の仕事内容に勝ちも負けも関係ないと思うのだけどな。

「さあ。おっちゃん！　観念して金を払うッスよ！」

「チッ……。仕方がねえ。約束は約束だ。受け取りな！」

心なしか悔《くや》しそうな表情を浮かべたエドガーは、テッドの掌《てのひら》に数枚の金貨を差し出してきた。

「おっちゃん！　これじゃあ、足りないッスよ！」

テッドが怒り出すのも無理はない。

男が差し出してきた金額は五万コル。予定していた報酬《ほうしゅう》の三分の一の額だった。

「いや。すまねえな。今ちょっと手持ちがなくてよお！　悪いが、今回はこんくらいで勘弁してくれや！」

ふうむ。この期に及んで報酬を払い渋るとは、なかなかに厄介《やっかい》な男である。

手持ちがないと言われている以上、男から報酬を取り立てるのは難しそうだな。

機会を改めて、報酬を請求するという手段もあるが、それは愚策《ぐさく》というものだろう。

労力を割《さ》いたところで、見合った対価が得られるとは限らない。

この男の場合、何かしらの理由をつけて、支払いを渋ってくる可能性が高い。

であれば考えられる手段は一つ。

別の切り口で対価を支払わせるのが得策だろう。

「なあ。ここにある倉庫の中の物資はどうするつもりなんだ？」

良いタイミングなので、先程から気になっていた疑問を尋ねてみる。

おそらく元々、この倉庫は男が経営しているリサイクルショップの在庫管理をするために借りていたものだろう。

中にある商品の中には、幾つか気になる品が混ざっていた。

「ああ。ここにある魔道具なら、もう売り物にはならないから処分するつもりだぜ。随分《ずいぶん》と長いこと放置しちまったからな」

たしかに倉庫の中の魔道具の保存状態は酷《ひど》い有様であった。

長い間、メンテナンスを行えるような環境ではなかったのだろう。

埃《ほこり》の被《かぶ》った魔道具の中には、ネズミに齧《かじ》られた跡のあるものすらあった。

「どうやって処分するんだ？」

「業者に頼んで廃棄《はいき》してもらうつもりだぜ。こんなゴミ、廃棄するのにも金がかかるだろうけどな」

「えええ〜！　流石《さすが》にそれはもったいないッスよ！」

「まあ、仕方がないことよ。今は大量生産、大量消費が当たり前の時代だからな」

「………」

ふうむ。

強欲なエドガーが金を払ってまで処分したいということは、倉庫にあった魔道具は本当に無価値な品なのだろうな。

その時、不意に俺の脳裏《のうり》に過《よぎ》ったのは、いつの日かエマーソンから受けた言葉であった。

『商売というのは、よりレベルの低い人間に合わせて作っていく方が金になるのさ。いつの時代も大衆が求めるのは、単純で、安価で、インスタントな商品ということだね』

低品質な魔道具を安価で販売することは、企業にとっても消費者にとっても、それぞれメリットのあることなのだろう。

だが、悲しいかな。

その結果が、今の惨状《さんじょう》ということなのだろう。

安価な製品を大量に生産するということは、裏を返せば、それだけ人々の消費サイクルが早まるということを意味する。

いつしか、人々は道具を大切に扱う心を忘れて、当たり前のようにモノを大量に廃棄するようになったというわけか。


「なあ。相談があるのだが、今回、もらえるはずの報酬を使って、倉庫の中の魔道具を買い取っても構わないか?」

「はぁ?　んん～。まぁ、お前たちがどうしてもそうしたいって言うなら、特別に売ってやっても構わないけどなぁ……」


とんだタヌキだな。この男。

この期に及んで、恩を着せるような言い方をしてくるのか。

もともと倉庫の中の魔道具は、男にとって、金を払って処分しなくてはならない代物《しろもの》だったはずである。

俺の提案は男にとって、渡りに船でしかないと思うのだけどな。

「こんなゴミを一体、何に使おうっていうんだ？」

ふうむ。あわよくば俺の目的を聞き出して、利益の一部を掠《かす》め取ろうという魂胆《こんたん》か。

事前の悪評判の通り、何処《どこ》までも強欲な男である。

「……別に。どうということはない。個人的に少しアテがあるというだけだ」

今、この場で俺の狙いを正直に語る必要はないだろう。

ここにある魔道具たちの可能性を知ってしまったら、男が倉庫の品物を出し渋る可能性がありそうだ。

「チッ……。仕方がねえな。今回は特別にウチの大切な商品をお前たちに譲《ゆず》ってやるよ！　エドガー様の慈悲《じひ》に感謝しな！」

あくまで渋々と承諾《しょうだく》したかのような態度を取るエドガーであったが、俺は男の頬《ほお》が一瞬だけ緩《ゆる》んだのを見逃さなかった。

はあ。演技が下手《へた》にも程があるな。

男からすれば、報酬を値切れた挙句《あげく》、不良在庫を学生たちに押し付けられて、気分は上々といったところなのだろう。

「師匠《ししょう》……。本当に良かったんスか？　こんなゴミを高値で買い取ってしまって……？」

俺たちの会話を聞いて不安を覚えたのだろう。

隣にいたテッドが小さな声で耳打ちしてくる。

「ああ。何も問題ないぞ。全て想定通りだ」

仕事というのは、何も他人から与えられるものだけが全てというわけではない。

自ら需要《じゅよう》を予測して、開拓をする瞬間こそが、最も効率的に利益を出すことができるものなのだ。

誰かにとってのゴミは、別の誰かにとって宝になることもある。

俺の考えが正しければ、今回の取引は、後々に巨万の富を築くことに繋《つな》がりそうだ。

第四話　実演販売

EPISODE 004

The reincarnation magician of the inferior eyes.

それから。

俺たち三人が学園のクエスト掲示板から倉庫整理の仕事を請け負ってから、数日の時が過ぎた。

時は来た、といった感じだな。

水面下で『とある準備』を進めてきた俺は、満を持して、王都の『東区画』を再訪していた。

「うおおお～。ドキドキするッスね～。師匠～！」

学園で借りた台車を引いて声を漏《も》らすのはテッドである。

台車の上に積まれているのは、以前にエドガーから引き取った中古の魔道具である。

何を隠そう俺は、エドガーから在庫を買い取った理由は、自分なりに修理・改造して、販売しようと考えていたのである。

「アベル。この猫のマークは何？」

台車に積まれた魔道具の一つを手に取ったノエルが、不思議そうに声を上げる。

「ああ。ソイツは俺なりの工夫《くふう》というやつだな」

商売というのは、良いものを作れば、必ず成功するわけではない。

消費者のニーズを的確に捉えて、商品の存在を周知させることの方が重要であるのだ。

だから俺が自分でメンテナンスを施《ほどこ》した魔道具に『黒猫のマーク』を入れることにしたのだ。

機能面では何も変わるわけではないのだが、この『黒猫のマーク』を施すことによって、人々が共通の話題にしやすくしている。

簡易的ではあるが、これにより一定のブランディング効果を期待できるだろう。

「よーし。それじゃあ、この辺の通りで始めちゃいますかね！」

最初に動き始めたのは、テッドだった。

両手をパンパンッと叩いてテッドは、さっそく事前の予定通りに『魔道具の実演販売』を始めてくれたようだ。

「あ〜。そこの道行く、お兄さん！　お姉さん方！　『黒猫印《くろねこじるし》』の魔道具はいかがッスか〜！　とっても安くて、性能は抜群《ばつぐん》ッスよ〜！」

ふうむ。こういう時、考えるよりも先に行動するタイプのテッドは、凄《すさ》まじく頼りになる存在だな。

底なしに明るいテッドの声は、人通りの多い道でも良く通る。

そんなに時間をかけずして、周囲の視線を引き付けたようだ。

「おい。アッチでなんだか面白そうなことをやっているみたいだぞ！」

「見に行ってみようぜ！」

そもそも労働者たちの集まる、この『東区画』では、俺たちのような学生が少ないというところもあるのだろうな。

物珍しさに釣られてか、通行人たちが集まってきてくれたようである。

「あー。コホンッ。見ての通り、ここにあるのはなんの変哲もないナイフです！」

「と、ところが、この魔道具には《切れ味強化》の刻印魔術《エンチャント》がかけられています」

いつも通りのマイペースを発揮するテッドとは対照的に、ノエルは凄《すご》く緊張しているようだな。

むう。

ノエルの祖先である水の勇者デイトナは、こういった交渉事が得意だったのだが、その才能は受け継いでいないのかもしれないな。

一生懸命な様子は伝わってくるが、ぎこちなさは拭《ぬぐ》えない感じだ。

「このナイフを使えば……」

「見ての通り！　ほら！　硬い石コロだって、バターのように切ることができるッス！」

テッドが石ころを切断すると、聴衆たちから驚きの声が上がる。

「おいおい……。マジかよ……」

「あのナイフ！　どこのメーカーの品だ⁉　クロノス社が出している製品でも、ここまでの切れ味は出せねえぞ！」

別に元々、倉庫にあった魔道具は特別なものではないのだけどな。

これといったブランド価値を持たない無名のメーカーが出していた商品である。

「更にこのナイフ！　魔力を込めれば炎の魔術も使えるッス！　食材を調理するのに使えるッスよー！」

「氷の魔術も使える。食材を保存するのに便利」

ナイフに施したのは《切れ味強化》の刻印魔術だけではない。

魔道具の中に簡易的な魔術構文を加えることによって、それぞれ火属性と水属性の魔術も扱えるようにしておいたのだ。

「嘘だろ……。そんな機能まで付いているのかよ⁉」

「威力も凄いぞ！　ここまで高出力の魔道具は見たことはないぜ！」

集まった客たちが驚くのも無理はない。

既存の魔道具は使い捨てが前提の量産品であるが、ここに並べてあるのは二〇〇年前に『比類なき魔術師』と呼ばれた俺が作製したものだからな。

物質の生産を司《つかさど》る『黒眼属性』の魔術を極めた俺は、付与魔術師としても相応の腕がある。

二〇〇年前の時代には、俺に刻印を施してもらうために五十年待ちの予約が作られたりした。

あくまで『大衆受け』を意識して、性能は抑えてあるのだが、そこらにある量産品とは比較にならないクオリティを誇っているのは確かだろう。

「おいおい！　何事だ⁉」

今回の騒ぎを聞きつけて俺たちの前に現れたのは、見知った人物であった。

「げぇ！　お前は、あの時の坊主《ぼうず》……！」

リサイクルショップ店のオーナーであるエドガーだ。

どうやらエドガーの店は、俺たちが露店を出している傍にあったらしい。

「う、嘘だろ……！　これって倉庫の中のガラクタじゃねぇか……？」

目の前の状況を受けて。状況を察したのだろう。

「どうしてガラクタが飛ぶように売れているんだ……!?」

根こそぎ客を取られることになったエドガーは、ガタガタと手足を震わせて怯《おび》えているようであった。

「はいはい！　押さないで！　商品はたくさんあるッスよ！」

「お買い上げ、ありがとうございます。黒猫印の魔道具をよろしくお願いします」

周りにいた客たちは、まるで砂糖に群がるアリのようにして、店の商品の前に集まってきた。

「んがっ……。ががっ……。どうして……こんなことに……!?」

商品が売れていく度《たび》にエドガーの顔が、どんどん引き攣《つ》っていくのが分かる。

ふうむ。

どうやら俺たちが商品を並べ始めてからというもの、エドガーのリサイクルショップ店は閑《かん》古鳥《こどり》が鳴いているらしいな。

やれやれ。

俺としては、別に報復してやろうというつもりは微塵《みじん》もなかったのだが……。

この男、肝心《かんじん》な情報を伏せたまま、学生たちに危険なクエストを受けさせようとした前科があるからな。

今回のことはエドガーにとっても、良い薬になったのかもしれない。

～～～～～～～～～～～～～～

それから一時間後。

事前に用意していた合計で百個近くあった魔道具は、あっという間に完売することになった。

元々、口コミの効果を借りて、数日かけて売ろうと思っていたのだが……。

これは想定していた以上の反響だったな。

一日もしないうちに在庫が捌《さば》けることになったぞ。

瞬く間に完売したため、台車を往復させる事態にまで発展した。

今日一日で集まった売上は、ザッと九十万コルくらいはあるだろうか。

なんといっても、元々の仕入れ値が無料のガラクタだったからな。

三人で利益を分配しても、一人当たり三十万コルは儲《もう》けが出る計算である。

「師匠《ししょう》！　次回は！　次回はいつやるんスか⁉」

今回の件に味を占《し》めたのだろう。

懐《ふところ》を暖かくして上機嫌になったテッドが、目を輝かせながら尋ねてくる。

「いや。当面の間は、資金集めをする必要ないかな」

「えええええ！　もったいないッスよ！　こんなに稼《かせ》げるのに！」

目標としていた資金は、十分に稼ぐことができた。

これだけの資金があれば、書店にあった気になる書籍を買い占めることができるだろう。

「……本当に良いの？　アベルの力があれば、もっと沢山《たくさん》、お金を稼ぐことができるのに」

テッドに続いて、ノエルも首を傾《かし》げているようだ。

まあ、二人が疑問に思うのも、当然の反応なのかもしれない。

「どうだろうな。世の中っていうのは、案外そう簡単にはいかないものなのさ」

その時、俺の脳裏《のうり》に過《よぎ》ったのは、二〇〇年前にノエルの祖先であるデイトナから受けた教訓であった。

『出る杭《くい》は打たれる。勝ち過ぎないことが、長く商売を続けるためのコツなのよ』

今回の商売が上手《うま》くいったのは、たまたま俺たちが学生で、警戒されない存在だったからだろう。

ビジネスが本格的に軌道に乗れば、他の人間たちから横槍を入れられることは必至である。

学生のうちから身の丈に合わない大金を得てしまうのも、それはそれで身持ちを崩すリスクを抱えることもあるだろうからな。

今のところは、目標だった書籍の代金を稼ぐことができれば十分だろう。

~~~~~~~~~~~~~~

一方、その頃。

ここは王都の外れに聳《そび》え立っている『とある組織』のアジトである。
~~~~~~~~~~~~~~

ＡＭＯ《アンチ・マジカル・オーガニゼーション》。

反魔術の理念を掲《かか》げる巨大組織の総称である。

二〇〇年前の時代、《黄昏《たそがれ》の魔王》が討伐《とうばつ》されて以降の話――。

魔族たちが統治していた領土を『どうやって分配するか？』という問題を巡り、人間同士で大規模な戦争が起こった。

この戦争は一〇〇年にも渡り続くことになり、多くの犠牲者《ぎせいしゃ》を出すことになった。

その結果、世に生み出されることになったのが『反魔術』の理念を掲げるＡＭＯという組織である。

彼らが望んでいるのは魔術のない『平和な世界』なのだが、中には武力を以《もっ》てして実現しようという『過激派』も数多く存在しており、議論を呼んでいる。

この建物の中では、ＡＭＯに関係する、二人の重要人物が会話をしている最中であった。

「ククク。どういう心境の変化があったのじゃ？　よもやお前さんが我々の研究に手を貸すことになるとはのう」

一人は魔将軍ギルティナといった。

かつて黄昏の魔王の参謀《さんぼう》役として側近を務めていた男である。

この世に生を享《う》けてから、八〇〇年以上もの時を生きるギルティナは『最古の魔族』と呼ばれており、裏の世界で存在感を示していた。

「……今でも気乗りはしていませんよ。貴方《あなた》たちの研究には、一部、人道的ではない内容が含まれる」

メガネの位置を整えながら平然と言葉を返す男はエマーソンである。

この世界における魔道具開発における第一人者であり、アースリア魔術学園の教師を務める男であった。

「ふふふ。お主も分からぬわけではないじゃろう？　魔術の発展には犠牲はつきものじゃ。このR魔道具《リンク》の存在は、世界に革命をもたらすことになるだろう」

「…………」

R魔道具とはAMOがエマーソンの力を借りて、新しく開発した魔道具の総称である。

「グラウンドシステム。全ての魔道具が地続きで繋《つな》がる。そういう意味を込めて、ボクはこのR魔道具を開発しました」

エマーソンが提唱する『グラウンドシステム』は、既存の魔道具を全て過去のものにする可能性を秘めたものであった。

R魔道具は全て、『マザー』と呼ばれる巨大な魔道具とリンクしている。

マザーからは常に最新の魔術式がR魔道具に対してアップデートされるような仕組みだった。このシステムによってR魔道具は、従来の魔道具では、収納できないような大容量の魔術式を内包することを可能にしたのである。

「素晴らしい！　キミの研究の成果は、必ず、我々の組織が目指す『戦争のない平和な世界』の実現に役立つことになるじゃろう！」

上機嫌に笑うギルティナに対して、エマーソンは冷めた眼差《まなざ》しを送っていた。

「R魔道具を利用すれば、貴方たち魔族が復権する時代が到来する、というわけですか」

「…………！」

エマーソンの指摘を受けたギルティナは、露骨に表情を曇らせていくことになる。

「……はて。なんのことかな？」

「ははは。あまりボクを舐《な》めないで下さい。気付いていますよ。貴方が魔族であることくらい」

「…………」

ギルティナは動揺《どうよう》していた。

おそらく自分は現代に生きる魔術師は、『軟弱』で『愚劣《ぐれつ》』な存在だと決めつけて油断していたのだろう。

完璧《かんぺき》に人間の姿に化けて騙《だま》せていたと思っていたのだが、どうやら目の前の『若獅子』には正体を見透かされていたらしい。

「……もう一度、同じ質問をしようか？　ワシが魔族と知っていて、何故、研究に協力したのだ？」

ギルティナにとって腑《ふ》に落ちなかったのは、今まで誰かの研究に手を貸すようなことをしなかったエマーソンがどうして急に態度を変えたのか？　ということであった。

エマーソンの偏屈ぶりは、この業界では有名である。

巷《ちまた》では『一〇〇年に一人の頭脳を持った天才』と称されながらも、自分の研究以外には、まったく興味を示さない孤高の存在として、その名を知られていたのだった。

「心から挑戦してみたいと思う壁に出会えたから、でしょうかね」

少し間を置いて、エマーソンから返ってきたのは、何やら意味深な言葉であった。

「ふふふ。『彼』を超えるためなら、ボクは悪魔にだって魂を売りますよ。つまりはそういうことです」

その時、エマーソンの脳裏《のうり》を過《よぎ》ったのは、『アベル』の存在であった。

結局、誰も彼もアベルに勝つことはできなかった。

彼の前では国内最高峰《さいこうほう》の魔術結社『クロノス』の精鋭たちですらも、赤子に等しい存在であったのだ。

「ふうむ。気になるのう。貴殿のような『天才』がそこまで気に掛けるほどの男がおったのか」

魔族として八〇〇年を超える時を生き長らえてきたギルティナには分かる。

単純な戦闘能力で考えれば、現代の魔術師たちは軟弱極まりのない存在である。

実戦経験に乏《とぼ》しく、魔道具というサポートアイテムの力を借りなければ、ロクに力を発揮することができない。

無能という言葉を通り越して、醜悪《しゅうあく》な存在とすら思うこともある。

だがしかし。

古《いにしえ》の時代を生きた魔術師と現代を生きる魔術師では、求められる能力に大きな違いが存在しているのだ。

どちらが優れているというのは、一概《いちがい》に断言することはできない面もある。

こと、新しい技術を開発するセンスにおいてエマーソンは、歴史的に見ても稀有《けう》な力を持った存在であった。

「して。R魔道具があれば、その『彼』とかいう人物に勝つことができるじゃろうか？」

「ええ。従来の魔道具で『彼』に挑むのは無謀《むぼう》というものでしょう。しかし、このR魔道具であれば……」

あるいは、誰もが手軽にアベルすらも超える魔術を使用できる。そんな時代が直ぐそこまで差し迫っているのかもしれない。

（アベルくん……。心して待って下さい。これがボクからキミに送る最後の挑戦状ですよ）

今回の仕掛けは、古式魔術に拘《こだわ》るアベルにとって、間違いなく最大の試練となるだろう。

薄暗い部屋の中で、エマーソンは独り、微笑《ほほえ》むのであった。

第五話

EPISODE 005

テッドのイメチェン

The reincarnation magician of the inferior eyes.

それから。

俺たちが魔道具の実演販売によって大金を稼《かせ》いでから数日の時が過ぎた。

ふうむ。

日が経つにつれて、学園の景色が賑《にぎ》やかになっているな。

祭りの日が近づいてきているというのが分かる。

校内の至るところに華やかな装飾が施《ほどこ》されており、校舎の外では既に屋台の準備が始まっているようであった。


「はい。ダーリン。あ〜ん」

「ふふふ。キミの作った朝食を食べられるなんて、ボクは世界一の幸せ者だね」

「やーん。ダーリンったら！　口が上手《うま》いんだからっ！」

はあ……。耳が腐り落ちそうなほど陳腐《ちんぷ》な台詞《せりふ》だな。

もう一つ変わった点を挙げるのであれば、やたらと男女のカップルが増えたというところだろうか。

グルリと周囲を見渡してみると、朝の早い時間にもかかわらず、色事に耽《ふけ》っている男女の姿を至るところに見つけることができた。

むう。

もしかしたら、この光景も学園祭が近付いてきていることが影響しているのだろうか。

まったくもって下らない。

学生の本分は、言うまでもなく学業だろう。

色事に夢中で鍛錬を怠《おこた》るとは、レベルが低いにも程があるだろう。

「師匠《ししょう》ー！　おはようッス！」

さて。そんなことを考えながらも教室に足を踏み入れると、見知った人物に声をかけられる。

テッドだ。

なんだか今日はやけに暑苦しいテンションで絡んでくるな。

「…………!?」

んん？　これは一体どういうことだろう？

声のした方に振り返った俺を待っていたのは、過去最高クラスに俺を困惑させる光景であった。

「ふふふ。師匠！　どうしたんスか。オレの方をジッと見て!?」

謎のドヤ顔が非常にウザいな。

むう。これは所謂《いわゆる》『ツッコミ待ち』の状態というやつなのだろうか。

テッドの髪型が変だ。

今まで髪質が太く、重力に逆らってツンと伸びていたテッドの髪が、クルクルにカールしている。

さしずめ『アフロテッド』とでも形容するべきなのだろうか。

似合うとか、似合わないとかいう以前に『違和感』が半端ない髪型であった。

「髪型を変えたのか……？」

「ふふふ！　流石《さすが》は師匠！　よくぞ気付いてくれたッスね！」

いやいや。

少し前髪を切った程度の変化ならいざ知らず、このダイナミックな変化に気付かない人間は流石にいないだろう。

「……なんというか、随分《ずいぶん》と奇抜な髪型だな」

ストレートに感想を伝えてみる。

髪型など個人の好みの問題なので俺がとやかく言うつもりはないのだが、流石に悪目立ちが過ぎるような気がする。

「チッチッチ。師匠は女心というものを分かっていないッスねぇ～！」

何故か得意気な表情のままテッドは続ける。

「今の時代、ゆるふわウェーブが最先端！　最新のトレンドなんッスよ！」

いや、知らんがな。

もしかしてテッドは、貴重なバイト代を髪の毛につぎ込んでしまったのだろうか。

テッドのバカさ加減は、留まることを知らないようであった。

「ふふふ。師匠も女の子にモテたかったら、もっと髪型とか工夫《くふう》した方がいいッスよ！」

何故だろう。

今日のテッドはいつもとは違った意味で非常に面倒くさいな。

だがしかし。

どうしてテッドが急に髪型を変えるようになったのか？　その理由が分かったような気がする。

おそらく周囲の人間たちに感化されて、異性からの目を気にするようになったからだろうな。

「よぉ。テッド。お前、なかなか良い髪型になった」

俺たちの会話を聞きつけて、一人の男が近づいてくる。

ザイルだ。

この男は修学旅行の時、同じ部屋で寝泊まりするようになって以来、時々、会話するようになったクラスメイトである。

「うおおおおおおお！　ザイルさん……！　もしかして、その靴《くつ》は……!?」

「ふっ。流石はテッド。もう気付いたのか」

テッドに続いて、何やらザイルまで謎のドヤ顔を浮かべている。

ザイルが履《は》いている革靴は、先端が尖った奇妙な形状をしていた。

「あの名門、ＮＡＶ社から出ている新作のヴァレンスミス95だ。まったく、手に入れるのに苦労したぜ……！」

得意気に語るザイルであったが、俺の感性でいうとザイルの靴が身の丈にあったものだとは思えない。

オブラートに包んだ言い方をすれば、恐ろしく人を選ぶデザインをしている。

「オシャレは足元から、という言葉もあるくらいだからな。テッドよ。お前もモテたかったら靴くらいオシャレなものを履いた方がいいぜ！」

「うっす！　精進《しょうじん》するッス！」

コイツらは一体、何を言っているのだろうか。

たしかに足元に気を遣うことは、ファッションにおいて重要ではあるだろう。

だがしかし。

靴だけが嫌に存在感を発揮しているコーディネートが、優れたセンスだとは微塵《みじん》も思えない。

ふうむ。

もしかしたら俺が眠っていた二〇〇年の間に、この世界の美の価値観は大きく変わってしまったのかもしれないな。

二人が『良い』と勧めているものの魅力が、俺にはサッパリと理解ができないぞ。


「なあ。アベル。ところでお前は決まったのかよ?」

「んん? なんのことだ?」

「決まっているだろ。学園祭のダンスのパートナーだよ」


むう。言われてみれば、そんなイベントがあったと聞いたような気がするな。

アースリア魔術学園では学園祭が終わる夕暮れ時に男女がペアになって、踊るイベントが存在しているらしい。

なるほど。

どうして最近になって男女のカップルが増えていたのか気になっていたのだが、今回のことで謎が解けた気がするな。

おそらくダンスのパートナーを求めて、異性にアプローチをかける生徒が増えた結果なのだろう。

「なあ。知っているか？　オレの調べによると、このクラスでダンスのパートナーが決まっていない男は、オレたち三人だけみたいだぜ」

「なっ……!?　それは本当ッスか!?」

ザイルの言葉を受けたテッドは、衝撃を受けているようであった。

まあ、テッドがショックを受けるのも無理はない。

クラスメイトたちが、それぞれ異性とダンスを踊っている時に、自分独りだけパートナーがいないと惨《みじ》めな気持ちになることは必至だろう。

「なあ。アベル。よければ、今日の放課後、駅前にナンパしにいかねぇか？」

「…………？」

一瞬、自分が何を言われているのか分からなかった。

俺が？？？　行くのか？？？

二〇〇年前の時代に比類なき魔術師と呼ばれた俺が、そんな色ボケした行動を？

まったくもって、バカバカしいにも程があるぞ。

「悪いが、俺は不参加だ」

そっけなく返した俺は、読みかけの本に目を通して、ザイルの言葉をスルーすることにした。
ここ最近の俺の興味は、先日、古書店で購入した魔道具関連の書物に移っていた。
ザイルの戯言《ざれごと》に付き合うくらいならば、一人で本でも読んでいた方が数倍は有意義な時間を過ごすことができるだろう。

「あのなぁ、アベル。そういうところだぞ！」

通常であれば、ここまでハッキリと断れば、引き下がるのが当然というものだろう。
だが、予想外の反応だった。
どういうわけかザイルが、俺に対して食い下がってきたのである。

「お前には、社交性っていうものがないのかよ！　お前の魔術の腕前は、たしかに一流なのかもしれねえ！　けどな、女の一人も口説《くど》けない人間が、社会に出て成功できるはずないだろうが！」

「…………」

気のせいかな。

以前にも似たようなやり取りをしたような気がするぞ。

むう。

一見、滅茶苦茶《めちゃくちゃ》に聞こえるが、ザイルの主張にも一理あるのかもしれないな。

魔術の研究によって、引きこもりがちな生活を送っている俺には、幾分『社交性』というステータスが足りていないところはあるのだろう。

「分かった。そこまで言うなら協力してやらんこともない」

何事も試してみる前から批判をするのは、賢い行動とはいえないからな。

普通に考えれば、無意味そうに思える路上のナンパの経験も、何かの肥《こ》やしになるかもしれない。

兎《と》にも角《かく》にも、まずは行動。

効果の検証については、後から考えても遅くはないだろう。

古い価値観に囚われ続ける人生を回避するためには、常に新しいことに挑戦していく必要があるのだ。

「よっしゃ！　オレたち『モテない男同盟』の快進撃をスタートさせようぜ！」

「うおおおおおおおおおおおお！　頑張るッスよおおお！」

ちょっと待て。もしかしたら俺もその『モテない男同盟』の中に入れられているのだろうか？

とにかくまあ、こういうわけで。

俺は顔見知りの二人のクラスメイトと、放課後に出かける約束を交わすのだった。

第六話

EPISODE
006

駅前のナンパ

The reincarnation
magician of
the inferior eyes.

それから。

授業が終わって、俺たちが向かった先は、王都の東区画にある『魔導鉄道』のエリアであった。

ただし今日の目的は、『魔導鉄道』そのものではない。

鉄道の停車地点となるこのエリアは、雑多な人間たちの行き交う場所となる。

今日の目的は、駅前を通る女性の中から『ダンスのパートナー』を見つけることにあった。

「なあ。おい。テッド。お前、声をかけに行ってみろよ！」

「いやッスよ！　ザイルさんから先に行って下さいよ！」

むう。どうやら二人の間で何か揉《も》め事が起きているようだ。

前回の実演販売の時は、臆面なく声をかけることができていたのだが、流石《さすが》にナンパとなると話は別のようである。

「いいか。テッド。オレたちは今、危機的な状況にあるんだぞ？」

「……どういうことッスか！」

「オレの調べによると、学園祭でダンスのパートナーを見つけられなかった人間が、学園生活で恋人を見つけられる可能性は僅《わず》かに8パーセントしかない。オレたちにとっては、ここが運命の分岐点《ぶんきてん》なんだよ！」

「…………!?」

毎回、思うのだが、ザイルは何処《どこ》でこういう無駄なデータを収集してくるのだろうか。

だがまあ、ザイルの言葉はあながち間違ってはいないだろう。

人間が生まれながらに持っている性質というのは、なかなか変えられるものではない。

一年生の時点で異性に対して積極的にアプローチできなかった人間は、卒業まで同じように過ごす可能性が高いということなのだろう。

「ウグッ……。つまり行くしかないってことッスか……」

テッドが腹を括《くく》ったようだ。

重い腰を上げたテッドは、半ばヤケクソ気味に声をかけにいく。

「おねーさん！　ちょっとオレたちと一緒にメシでもどうッスかああああああああああああああああああああああああああああああぁぁぁ！」

やれやれ。

自分を鼓舞する意味もあるのだろうが、いきなりハイテンションで攻めにいったものだな。

勇ましく特攻するテッドであったが、女性たちの反応は冷たかった。

「アンタ、よくその体型で声をかけてこようと思ったわね」

「まずは痩《や》せてから出直してきなさいよ」

「ガーン……ッス」

もう。普段はメンタルが強いことが取り柄のテッドであるが、流石に異性からの言葉は堪えたのかもしれない。

「オレは別に太っているわけじゃないッス。ちょっと筋肉質なだけなんスよおおおおおおおおおおおおおおおおおおおおおおおおおおおおお！」

両膝を地面につけたテッドは、完全に心が折れているようであった。

まあ、テッドからすると、心外な言葉だったのだろうな。

たしかに、幼少期のテッドは、両親から甘やかされて、メタボリックな体型をしていた。

だが、現在は日常的なトレーニングによって、ガッチリとした体型になっている。

それなりに『観察力』のある人間であれば、テッドの体に付いたものが単なる贅肉《ぜいにく》でないことに気付きそうなものなのだが……。

通りすがりの女に求めるのは、酷《こく》というものだったのかもしれない。

〜〜〜〜〜〜〜〜〜〜〜〜〜


それから。

テッドとザイルによる残念なナンパが本格的にスタートした。

「おねーさん方！　オレと一緒に山盛りのチキンを食べに行きませんかー？」

「やあ。もしかしてキミは、あの空の向こう側から来たのかい？　何故って？　キミの瞳には輝く星が光っているように見えたからさ！」

それぞれ半ば開き直った態度でナンパを続ける二人であったが、これといった成果は上げられていないようであった。

むう。

見るに堪えない惨状《さんじょう》、というのは、こういう状況のことを指すのだろうな。

下手《へた》な鉄砲も数を撃てば当たる、という格言があるが、今の二人に当てはめて良いものなのかは怪しいものだ。

この調子では誰からも相手にされることなく日が暮れてしまいそうである。
俺が異変に気付いたのは、そんなことを考えていた直後のことであった。
暫《しばら》く人の流れを観察していると、気になる挙動をしている人間を発見する。

「んん……？」

あそこにいるのは、もしかしてボンボン貴族（兄）、バースではないだろうか？
テッドの兄であるバースは、俺にとって幼い頃から何かと因縁《いんねん》の深い相手であった。

「ふふふ。もう直ぐだ……。もう直ぐボクの肉体は完全体となれる……」

バースはブツブツと呪詛《じゅそ》のように何か言葉を呟《つぶや》いている。
むう。
もしかしてバースのやつ、また良からぬことを企《たくら》んでいるのではないだろうな？
久しぶりに再会することになったバースは以前とはまるで様子が違っていた。
目には眼帯をつけており、左腕は包帯がグルグルに巻かれている。

ケガをしている、というわけではないみたいだが、これは一体どういう風の吹き回しだろうか？

うーむ。

そういえば以前にもバースの様子がおかしくなったことがあったよな。

反魔術の理念を掲《かか》げる謎の組織　AMO《アンチ・マジカル・オーガニゼーション》　に心酔することになったバースは、魔族の力を借りて、俺に挑んできたこともあったのだ。

「うわあああああああああああん！　師匠《ししょう》！　助けて下さいッスうう！」

そうこうしているうちにテッドが音《ね》を上げたようだ。

どうやらテッドは、バースが近くにいたことに気付いていないようだな。

バースの様子は気になるが、今のところ俺に危害が及ぶ様子はなさそうだし、保留にしておくことにしよう。

「アベル！　この状況を打破できるのはお前だけだ！　なんとかしてくれ！」

「師匠……！　オレたちの骨は拾って下さい！」

やれやれ。仕方がない。
別に俺も、こういったことが得意というわけではないのだけどな。
二人の醜態《しゅうたい》をこれ以上、見続けるのは苦痛に感じ始めていた頃だった。
クラスメイトの雪辱《せつじょく》を晴らすべく、挑戦してみることにするか。

「おっ。行くのか！　アベル……！」

俺は近くにいた歳《とし》の近そうな女性に向かって進んでいく。
言葉は不要だ。
口数は、少なければ、少ないほど良い。
不要な言葉は、男の価値を下げるだけなのだ。

「…………!?」

ターゲットの女と目が合った。

ここで視線を逸《そ》らすのは愚策《ぐさく》中の愚策である。

女の心は、『眼』で落とすものなのだ。

男女の色事沙汰《ざた》は第一印象、互いのファーストインプレッションで、勝敗が決定するといっても過言ではない。

ふうむ。

俺と視線があった女は、目を逸らしたみたいである。

この様子だと『脈アリ』のようだな。

単に不審な人間と目が合って、視線を逸らしたという反応ではないようだな。

俺を同年代の異性として『照れ』たように見える。

この状況はチャンスだな。

覚悟を決めた俺は、近くにいた女に声をかけにいくことにした。


「失礼。レディ」

「は、はい。なんでしょうか？」

女は緊張した声音《こわね》で返事をする。コレも『脈あり』のサインだ。

「実はこれから昼食を摂《と》るところなのだが、いまいち、この辺りの地理に疎《うと》くてな。キミが案内をしてくれると助かるのだが……」

大切なのは、いかに自然な誘い文句を捻《ひね》り出せるかだろう。

女性というのは、いつの時代も警戒心の強い生き物だ。

テッドのようにハイテンションで誘いに行くのは論外として、ザイルのような歯の浮くようなキザなセリフも逆効果になることが多い。

手数をこなすことも重要ではあるのだが、まずは、基本を身に着けないことには成功を望むことは難しいだろう。

「あ！　そういうことでしたら是非《ぜひ》！　私、この近くに美味《おい》しいサンドイッチの店を知っているんですよ」

ふうむ。

初めての試みではあったが、上手《うま》くいったみたいだな。

世の中の物事というのは、大抵の場合、過去の経験の組み合わせで、こなすことができるものなのだ。

後は店に到着すれば、自然に彼女を食事に誘うことができるだろう。


「――――ッ⁉」


異変に気付いたのは、俺がそんなことを考えていた直後のことであった。

突如として殺気。

この濃密な魔力は人間のものではない。明らかに魔族の気配である。


「うふふふふ」


リリスだ。どうやら別の建物の二階から俺の様子を見ていたらしい。

迂闊《うかつ》だった。

慣れないことをして僅《わず》かに気が緩《ゆる》んでいたか。

まさか二〇〇年前の『比類なき魔術師』と呼ばれた俺が、このような失態を犯すことになろうとは想定外である。

「イタ。イタタタ。すまん。急に腹痛が……」

「だ、大丈夫ですか？」

「ああ。問題ない。だが、悪いな。昼食の話はまた別の機会にさせてくれ」

我ながら雑な演技であったが、体裁《ていさい》を取り繕《つくろ》っている余裕はなかった。

端的に別れの言葉を残した後、少女の元から足早に立ち去っていく。

「えっ。えっ……!?」

悪いな。通りすがりの少女よ。

この状況をリリスに目撃されていると、後々に面倒な事態に巻き込まれるのは必至だからな。

問題が発生する前に退散させてもらうことにしよう。

「逃げるぞ。二人とも」

「んなっ。どうしてだよ！　もう少しで来てくれそうだったじゃねぇか！」

「そうッスよ！　バッチリ、可愛《かわい》い子だったじゃないッスか！」

ナンパの成果を期待していた二人は、明らかに不満そうな態度を露《あらわ》にしていた。

「状況の説明は後だ。とにかく今は『奴』が来る前に撤退《てったい》を……」

言いかけた時、はたと気付く。

先程まで建物の中にあったはずの『奴』の気配が直ぐそこまで迫ってきていることに――。

やれやれ。

残念ながら、事態は既に手遅れとなっていたらしいな。

「うふふ。テッドくん。ザイルくん。何をしているのですか？」

「「…………！」」

背後から冷たい声が聞こえた。

リリスに声をかけられて遅蒔《おそま》きながらも状況に気付いたみたいである。

テッドとザイルの顔色は、途端に蒼白なものになっていく。

「げぇ！　リリス先生！」

「リリスさん！　違うッス！　これは違うんスよ！」

「うふふふ。言い訳は良くないですね～。不純異性交遊は言語道断ですよ？」

リリスに目をつけられたザイルとテッドは、しどろもどろに言い訳を開始する。

ふうむ。

この状況は俺にとっては千載一遇《せんざいいちぐう》のチャンスかもしれないな。

リリスが二人に構っているうちに気配を消して、退散させてもらうことにしよう。

「うふふふ。何処《どこ》にいくのですか。アベル様」

むう。流石《さすが》はリリスだ。

完璧《かんぺき》に気配を消したつもりだったのだが、何事もなく見破ってきたぞ。

「そこに並んで立って下さい。お説教の時間を始めますよ♡」

「…………」

やれやれ。

慣れないことをするのはリスクがつきものだな。

男三人、公衆の面前で、リリスからの含みのある説教を受け続ける。

こうして初めてのナンパは、リリスの妨害によって、不覚にも失敗で終わることになるのだった。


～～～～～～～～～～～～～～～～～


一方、時刻はアベルたちが《東区画》の駅前に到着する少し前に遡《さかのぼ》る。

ここは学生たちが集《つど》う王都の《西区画》の中でも、ひっそりとした裏通りに構えられた喫茶《きっさ》店《てん》である。

茜色《あかね》の髪を持つ少女エリザは、注文カウンターで飲み物を受け取ると、友人が席に到着するのを待っていた。

この場所はエリザのお気に入りの喫茶店である。

もともとは王都で宮廷料理人を務めていた女性が、定年退職後に開いた店だった。

半分、オーナーの趣味で開いているような店であり、客入りに関しては、お世辞《せじ》にも繁盛《はんじよう》しているとは言い難い。

だが、良質な洋菓子が手軽な価格で味わえることから、一部の女生徒たちの間では『知る人ぞ知る名店』として、認知されるようになっていた。


「お待たせしました！　エリちゃん～！」


トレイの上に色とりどりの洋菓子を載せてエリザの前に現れたのは、同じクラスに所属する黒髪黒眼の少女ユカリである。

以前に体育の時間に行われた『ハウント』の一件以来、ユカリはすっかりエリザと打ち解けるようになっていた。

「それでは『例の会議』を始めていきますよ！」

「…………」

ここで言われている『例の会議』とは、『どうすれば気になるアベルに異性として振り向いてもらえるようになるか？』について定期的に話し合う場を指していた。

いつ頃からか、ユカリはエリザにとっての恋愛アドバイザーのポジションを確立していたのである。

「それではエリちゃん。先週の進展について、状況を教えて下さい！」

クイッとメガネの位置を整えながらもユカリは続ける。

この日のユカリは、どういうわけか女教師風の格好をしていた。

「いえ。特に何も……」

「何も、とは!?」

「だって……。学園祭の準備で研究会の活動は暫《しばら》く休みだったし……。話しかける機会がないと……」


この一週間の間、エリザがアベルと会話をした回数は片手で数えるほどしかなかった。

教室にいる時のアベルは、女子たちにとって近寄りがたい存在だ。

成績優秀。眉目秀麗《びもくしゅうれい》。

性格もクールで、ミステリアスな空気を醸《かも》し出している。

高嶺《たかね》の花とは、アベルのような人間を指して使う言葉なのだろう。

一部の男子生徒を除いて、アベルに対して気軽に喋《しゃべ》りかけられる人間が皆無であった。

「甘いですよ！　エリちゃんの考えは、このチョコレートブラウニーよりも甘々です！」

「…………」


バンッと机を叩いてユカリは吠える。

暫くユカリと付き合ってみて分かったことがある。

この少女は、大人しそうに見えて、多分に内弁慶《うちべんけい》なところがある。

心を許した相手と会話する時に限っては、途端に饒舌《じょうぜつ》になるのだ。

「現在、エリちゃんを取り巻く状況は、ハッキリ言って芳《かんば》しくありません！」

ノートに向かって、イラストを描きながらユカリは説明を続ける。

「ノエルさんという強力なライバル出現！　更に！　アベルくんの女子人気は連日のように急上昇中です！」

「……分かっているわよ。それくらい」

琥珀眼《こはくがん》という特殊な眼を持ったアベルは、学園に入学した当初こそ、周囲から奇特な目線で見られることが多かった。

だがしかし。

入学から半年近く経って、その評価は急速に変化しつつあった。

学園の中で唯一の庶民《しょみん》の生まれという立場もあって、アベルに対する恋愛感情を公言する生徒は多くない。

だがしかし。

底知れない魔術の才能を持ちながらも、同世代の男子生徒と比べて大人びた雰囲気《ふんいき》のアベルは、女子生徒の間に多くの『隠れファン』を持つ存在になりつつあったのだ。

「はぁ……。どうすればアベルともっと仲良くなれるのかなぁ……」

このまま手をこまねいていれば、他のライバルたちに先を越されるような展開が待っているかもしれない。

エリザとしては、それだけは絶対に阻止《そし》しなければならない事態であった。

「ふふふ。恋するエリちゃんのため、今日は特別な作戦を用意してきましたよ！」

キラキラと目を輝かせながらユカリは、事前の温めていたアイデアを言ってのける。

「ズバリ！　アベルくんをダンスのパートナーに誘ってみてはいかがでしょうか！」

「…………!?」

なるほど。その手があったか！　そう言わんばかりにエリザは、ハッと何かに気付いたような表情を浮かべる。

「私の調べによると、学園祭で一緒に踊ることになった男女が、その後、一カ月以内に恋人同士になる確率は、最大で60パーセントもあるらしいですよ！」

一体どこから持ち出してきたのかは分からないが、なかなかに説得力と具体性を有した数字であった。

最大で60パーセントの部分に関しては、幾つか疑問も出てくるが、たしかに学園祭の中で『良い雰囲気』になった男女が、そのままカップルになる確率は低くはなさそうである。

「でも、アベルを狙っている女の子って多いんじゃ……？」

既に話題に上がっている通り、ここ最近のアベルの女子人気は驚異的な上昇を遂《と》げている。

普通に考えれば、既に多くの女子に言い寄られて、ダンスのパートナーは決まっているはずだろう。

「その点については心配ありません！　アベルくんのパートナーが見つかっていないことは調査済みですから！」


おそらくアベルのスペックが高すぎることが功を奏したのだろう。

クラスの中にアベルを誘う女子生徒は、今のところ現れる様子がなかった。


「それ、本当⁉」

「はい！　私の調査によると現在、アベルくんはダンスのパートナーを探している最中のようです！」

「…………！」


ユカリからアドバイスを受けたエリザは、パァッと笑顔を見せた。

教室の中で偶然、会話を聞いていたユカリは知っていた。

実のところ、アベルは、ザイル、テッドと一緒に駅前にナンパに行っている最中であるらしいのだが──。

そこについては触れないのが粋《いき》というものだろう。

「よーし！　そうと決まれば頑張るわよー！」

今回のイベントはライバルたちからリードする千載一遇《せんざいいちぐう》のチャンスなのかもしれない。
大好物のチョコレートブラウニーを口にしたエリザは、ヤル気の炎をメラメラと両目に灯らせた。

（エリちゃん、ファイトですよ！）

叶うことなら友達の恋が報われる瞬間を見届けてみたい。
エリザが奮闘する様子を見守るユカリは、恋の成就《じょうじゅ》を願うのだった。

～～～～～～～～～～～～

一方、時刻はアベルが駅前でバースの姿を見かけてから暫《しばら》くのことである。

薄暗い部屋の中に何やら怪しげな人影が蠢《うごめ》いていた。

ここは王都の東区画に建てられたＡＭＯの本部だ。

駅から離れた場所にある古びた雑居ビルの一室は、世間から身を隠すのには絶好の場所となる。

テッドの兄バースは、医療用のベッドに横たわり、複数人の白衣の男たちに囲まれていた。

「ぐぎぎぎぎっ！　ぐあああ！」

点滴から強力な麻酔剤《ますいざい》を送り込まれたバースは、苦悶《くもん》の声を漏《も》らしていた。

バースが生身の人間の体を有していたのは、過去の話である。

左手には義手。右眼には義眼。

自らを強化するために体の一部を最新の『Ｒ魔道具《リンク》』に置き換えたバースは、半人半機の風貌《ふうぼう》に姿を変えていた。

「おい。実験の様子はどうなっている？」

バースの様子を見学しに来たのは、目つきの鋭い一人の老人であった。

男の名前はギルティナといった。

全国で数万人の会員数を誇る巨大組織、ＡＭＯの総責任者を務める男であった。

ギルティナはかつて『黄昏《たそがれ》の魔王』の側近を務めた上級魔族だ。

どうして魔族であるギルティナが、人間たちの集《つど》うＡＭＯのトップを務めているのか？

そこにはギルティナが抱いている『魔族の復権』という野望が関係していた。

「ハッ……！　適合率は既に92パーセントを超えています。完成まで時間の問題かと……！」

部下からの報告を受けたギルティナは、邪悪な笑みを零《こぼ》していた。

（ふっ……。もう直ぐじゃ……。もう直ぐ我々、魔族の悲願が達成される……！）

人間と比べて、ズバ抜けた魔力と身体能力を有する魔族であるが、そこには致命的な弱点があった。

絶対的に兵隊の『数』が不足しているのだ。

二〇〇年前の戦いで魔族が人間に負けた理由もここにある。

半ば無制限に兵士を送り込める人間とは違って、魔族たちの戦力は有限だ。

人間たちの持つ『数の力』は、即《すなわ》ち『質の力』の向上にも繋《つな》がることになる。

分母が上がれば必然的に『並外れた天才』たちが生まれる可能性も高まっていくからだ。

力で勝る魔族が人間たちに敗北したカラクリはここにあった。


（ここにいる人間どもには精々《せいぜい》、我々『魔族の復権』のためには、我々の掌《てのひら》の上で踊ってもらうことにしよう）


反魔術、戦争の撲滅《ぼくめつ》、という理念は、兵隊を集めるための虚言に過ぎない。

ギルティナは、人間たちが潜在的に『負の感情』を操って、自らの兵に仕立て上げることに成功したのだった。


「ふふふ。調子はどうだ。バースよ」

「クッ……。ハッ……。ギルティナ様……」

敬愛する主人に呼ばれたバースは、朦朧《もうろう》とする意識の中で言葉を返す。

ギルティナにとってバースは、この上ないほど都合の良い兵士であった。

思い込みが激しく、自分の考えを曲げようとしないバースは、簡単に洗脳状態に陥《おちい》りやすく、組織のためになら簡単に命を投げ出すほどの忠誠心を持っていた。

だからこそギルティナは、バースに対してリスクの高い実験を施《ほどこ》していたのだった。


「喜べ。楽しみにしていた『お披露目会』の日程が決まったぞ。事前の計画通り、アースリア魔術学園の学園祭を襲撃する」

「はぁ……はぁ……。魔術……学園……」

「そうじゃ。お主も、あの学園には色々と思うところがあるのじゃろう?」

「…………」


その時、バースの脳裏《のうり》を過《よぎ》ったのは、幼い頃からの宿敵アベルの姿であった。

一体、何処《どこ》から自分は人生の選択を誤ってしまったのだろうか。

思い返すと、常に頭に浮かぶのは、アベルの顔であった。

不意にバースの脳内は、ドス黒い怒りの感情によって支配されていく。

「アベル……。アベルウウ！」

四肢《しし》を繋いでいる鎖がメキメキと音を立てていく。

今にも拘束具《こうそくぐ》が台座からはがれそうな、驚異的なパワーであった。

「適合率に異常反応！」

「100、150、200、300……。し、信じられない。適合率が400パーセントを超えているぞ！」

周囲の機会はアラーム音を発して、適合率を示すメーターの数値は見たことのない異常値を示しているようであった。

「バ、バカな……！　薬で動けなくしているはずなのに⁉」

「一体何処から、こんな力が⁉」

研究者たちは、愕然《がくぜん》としていた。

数多《あまた》の薬物で魔力を強化して、肉体をR魔道具に置き換えていったバースは、既に人間の手で止められるものではない。

万が一の時に備えて、絶対に身動きを取れない状態で『改造手術』を施していたのである。

「何をしている！　とっとと、薬物の量を増やさんか！」

「「ハッ……！」」

部下の一人がボタンを押すと、体に繋がれたチューブから薬物が投与されて、バースの体は再び安静状態に落ちつく。

（チッ……。実験用のモルモットの分際で。焦らせおって！）

魔族とはいっても齢《よわい》八〇〇歳を超えてくると肉体の衰えが顕著《けんちょ》に現れてくる。

ギルティナがバースに目をかける理由――。

それは自らの肉体を『R魔道具』に置き換えて、戦闘能力を向上させる技術の実験体としての利用価値を見出《みいだ》していたからである。

（……貴様には精々踊ってもらうことにしよう。R魔道具の性能を世間に知らしめる日が楽しみじゃわい！）

R魔道具を利用した魔術学園の襲撃は、やがて訪れる魔族の繁栄《はんえい》の時代の試金石になるだろう。

薄暗い実験室の中でギルティナは、邪悪な笑みを零《こぼ》すのだった。

第七話

EPISODE 007

学園祭の準備

The reincarnation magician of the inferior eyes.

それから。

俺たちが駅前にナンパに繰り出して、リリスから説教を受けることになってから翌日のこと。

授業が始まる前の朝の時間に教室を訪れた俺は、実にレベルの低い茶番に付き合わされることになっていた。


「お化け屋敷が良いッス！　これだけは譲《ゆず》れないッスよ！」

「今時、お化け屋敷なんて流行《はや》らないわ。ここはオシャレなパンケーキカフェ一択よ！」


何やらクラスの男女が言い争いをしている。

やれやれ。

実にくだらない議論であるのだが、ここ一週間くらいは同じような会話を繰り広げているな。

「男子たち、いい加減にして！」

「そっちこそ！　いい加減に諦めろよ！」

争点となるのは『クラスの出し物を何にするか？』ということであった。

ふうむ。

他のクラスはとっくに出し物を決めて、準備に取り掛かっているようなのだけれどな。

俺たちのクラスは一向に意見がまとまらないようであった。

「なら、こうしましょう！　クラスの中で多数決を取るの！　多かった案で決定しましょう！」

多数決か。あまり好みの手法ではないな。

少数の意見を弾圧する手法は、時に、取り返しのつかない過ちを生み出す原因になりかねない。

だが、学園祭の当日まで残された期日が少ないというのは事実である。

他に有効な選択肢《せんたくし》がなかったということもあり、俺たちクラスは、それぞれ『お化け屋敷』

と『パンケーキ』の二択に絞《しぼ》って多数決を取ることにした。

「嘘……!?　まったく同票って……。そんなことがあるの!?」

クラスの女子が驚いているが、これについては当然の結果といえるだろう。

それぞれ男子生徒の票は『お化け屋敷』、女子生徒の票は『パンケーキ』に集中しているのだ。

クラスの男女比は、均一に配分されているので、多数決をしても票差が開かなかったのだろう。

「いや。まだ一人、意見を聞いていない男が残っているみたいだぜ」

異変に気付いたザイルが俺の方に近付いてくる。

「アベル!　お前はどうなんだよ!　当然、『お化け屋敷』の方を支持するんだよな!」

「…………」

ううむ。何やら面倒な事態になってしまったな。

ここで『お化け屋敷』の方を支持すれば、女子たちからの顰蹙《ひんしゅく》を買いかねない。

かといって『パンケーキ』の方を支持すれば、男子生徒からの怨《うら》みを買うことは必至だろう。

悩んだ挙句《あげく》に俺が出したのは、今までに意見として出ることのなかった第三の選択肢であった。


「ふむ。それならいっそ、両方を採用するのはどうだろうか？」

「「…………!?」」

瞬間、教室にいる生徒たちに驚きの表情が浮かぶ。


「おい！　アベル！　どういうことだよ！　両方を採用するって!?」

「どうもこうも。俺たちが、お化けの衣装を着て、パンケーキを焼けば、それで解決なんじゃないか？」

「…………」

分かっている。

俺の意見はビジネスとしてはなんの合理性もない荒唐無稽《こうとうむけい》なものだろう。

だがしかし。

今回の出し物は『学園祭』として一日限りのものだからな。

学生たちの自己満足を優先して、それぞれが納得できる選択肢を取るのも悪くはないかもしれない。


「おいおい。お前、天才か……？」

「お化け屋敷とパンケーキの融合。略して『お化けパンケーキ』って感じか！」

「ねえ。お化けパンケーキ！　それってアリ寄りのアリじゃない⁉」


んん？　これは一体どういうことだろうか？

俺としては適当に思いつきで口にしたアイデアであったのだが……。

どういうわけかクラスの連中には好意的に受け止められているようであった。

「お前たち。今回はアベルの意見を採用っていうことで良いよな？」

どうやらクラスの中に反対意見を出してくる人間はいないみたいである。

少し意外だったな。

てっきり俺のことを疎《うと》んでいる人間が、これ見よがしに批判してくると思っていたのだが、今回は特にそういう輩《やから》は現れなかったようである。

「よーし。そうと決まれば、頑張って準備をしていくわよー！」

「「「おおおおおおおおおおおおおお！」」」

ふうむ。何はともあれ、クラスが一丸となったようで何よりである。

こうして目的を定めた俺たちは、学園祭に向けての準備に取り組んでいくのであった。

～～～～～～～～～～～～～～

それから。

無事に出し物を決めた俺たちは、学園祭に向けて着々と準備を進めていた。

女子たちは、お化けの衣装作り。

男子たちは、パンケーキ店の内装作りを手掛けている。

それぞれが得意分野で力を発揮した結果、選択した方とは、逆の準備を進めているのが興味深いところである。


「アベルくん。これお願いね！」


むう。これは一体、なんのために使うのだろうか。

女生徒から手渡されたのは、何やら穴の開いたゴムの塊《かたまり》が大量に入った袋であった。


「心得た」


俺の仕事は、学園の倉庫に置かれていた物品を教室に持ち運んでいくことである。

ふう。この程度の作業、俺が魔術を使えば、直ぐにでも終わると思うのだが、それを言うのは野暮《やぼ》なのだろうな。

こういった催《もよお》し事では、『結果』よりも『過程』を重視するのが正しい心構えというものだろう。

「アベル！」

その少女に声をかけられたのは、俺が目的地である1－Aの教室に到着する直前のことであった。

エリザだ。

理由はよく分からないが、どうやらエリザは俺が一人になるタイミングを窺《うかが》っていたようである。

「ねえ。アベル。学園祭のダンスのパートナーって、もう決まっているの？」

モジモジと指を絡ませて、気恥ずかしそうな態度でエリザは言った。

「いや。まだ決まっていないぞ」

むう。そういえば、そんなイベントも残されていたな。

どうやら午後のダンスパーティーは、学園祭のクライマックスを飾るイベントとして学生たちから注目をされているみたいである。

だが、リリスの妨害によってナンパに失敗して、結局『誰と踊るか？』については有耶無耶《うやむや》になっていたのだ。


「な、ならさ……。アタシと一緒に踊らない？」


なるほど。どうやらエリザは、最初から俺をダンスのパートナーに誘うつもりで声をかけてきたようだな。

ふうむ。

別に今のところ断る理由はないだろうな。

ダンスのパートナーとして選ぶ以上は、やはり馴染《なじ》みのある人間の方が俺にとっても都合が良い。

その点で言うと、エリザはおあつらえ向きの相手といえるだろう。

「ああ。そういうことなら別に……」

場の空気が変わったのが、俺がエリザの誘いを快《こころよ》く受けようとした直後のことであった。

「アベル……！」

凛《りん》とした声質の少女に名を呼ばれる。

ノエルだ。

普段、図書館の中にいるノエルが教室まで来るのは珍しいな。

優秀過ぎるあまり『特待生』の待遇を受けているノエルは、この学園では希少な『授業免除の権利』を持っている生徒であるのだ。

「おい。見ろよ。あそこにいるの……？」

「氷の女王じゃないか！　こんなところにどうして……!?」

クラスの連中が何やら騒ぎ始めている。

ふうむ。そういえばノエルには『氷の女王』なんて呼び名もあったな。

誰にも気を許すことなく、氷のように冷たい態度を貫いていることから付いた呼び名らしいのだが、今となっては見る影もない程に人懐っこくなっていた。


「どうした？　俺に何か用か？」

「ん」


次にノエルが取った行動は、俺にとっても少し意外なものであった。

何を思ったのかノエルは、俺の手を取り、ピタリと体を密着させてきたのである。

「私も、一緒に踊りたい。エリザより、私と踊った方が絶対に楽しいよ」


おいおい。

よりにもよって、このタイミングで声をかけてくるのか。

ふうむ。さしずめこれは、エリザに対する宣戦布告といったところだろうか。

前々から思っていたのだが、エリザとノエルは共にライバル関係にあり、何かにつけて対立しがちである。


「ちょっと！　アタシの方が先に誘ったのだけど！」

「順番は関係ない。大事なのはアベルの気持ち」

「と、とにかくアベルから早く離れなさいよ！」

「嫌」

「うっ。ううう～！　ア、アタシだって！」


ふう。これは面倒なことになったな。

次にエリザの取った行動は、益々《ますます》と俺を困惑させるものであった。

何を思ったのかエリザは、ノエルと同じように俺と体を密着させてきたのである。

やれやれ。はしたない娘たちだ。

両手に花、というと聞こえは良いが、この状況は俺にとって歓迎できるようなものではない。

なんせ、ここは人の往来のある教室前の廊下《ろうか》だ。

これだけ騒ぎを起こせば、否《いや》が応《おう》でも注目を浴びてしまうことになるだろう。

「うおおおおおおお！　流石《さすが》は師匠《ししょう》！　モテモテっす〜！」

「クソッ！　どうしてアベルばっかり！　オレたち『モテない男同盟』の絆《きずな》は永遠じゃなかったのか⁉」


おそらく衣装合わせをしている最中だったのだろう。

それぞれミイラ男とヴァンパイアの衣装を身に纏《まと》ったテッド&ザイルが、驚きの声を上げている。

相変わらずに騒がしい奴らだ。

だからその『モテない男同盟』という謎のグループに入った覚えは、まったくないのだけどな。


「「どっちを選ぶの⁉」」


エリザとノエルが不満の声を上げたのは、ほとんど同時のタイミングであった。

はあ。

無事にダンスのパートナーの候補を見つけられたのは良かったが、随分《ずいぶん》と面倒なことになってしまったな。

「……その点に関しては、持ち帰って検討《けんとう》しておこう」

悩んだ挙句《あげく》に俺は、適当にお茶を濁《にご》しておくことにした。

エリザとノエル。

俺としてはどちらの申し出にも断る理由がないのだが、二人から同時に誘われるとなれば、話は別だからな。

ここで決めてしまうと、どちらを選んだとしても角《かど》が立つことになるだろう。

とりあえず今は結論を先延ばしにしておくのが、最も場を穏便に収める選択肢《せんたくし》になりそうだ。

「おいおい。なんだか大変なことになってきていないか……!?」

「アベルのやつ……。どっちを選ぶつもりなんだよ……!?」

野次馬たちが好き勝手に騒ぎ始めている。

やれやれ。

俺はただ、平穏無事に学園生活を送りたかっただけだというのに……。

どうしていつも、こういう風になってしまうのだろうか？

入学してから初めて迎えることになる学園祭は何やら、慌ただしいことになりそうである。

第八話

EPISODE 008

学園祭の当日

The reincarnation magician of the inferior eyes.

それから数日後。

暫《しばら》く学園祭の準備に取り組んでいると、学園祭の当日になった。

色々と試行錯誤《しこうさくご》をした結果、教室の半分は、純粋に恐怖を与えることを目的としたお化け屋敷。

残りの半分は、お化けの仮装をした店員が特製のパンケーキを提供するスペースになっている。

「いらっしゃーい！　お化けパンケーキやってますよー！」

「他にはない極上《ごくじょう》のスリルと、美味《おい》しいパンケーキが味わえますよー！」

お化けの仮装をした店員たちが呼び込みをしている。

改めて考えると、なかなかに奇妙な組み合わせだ。

他の呼び込みたちと比べて、悪目立ちをすること、この上ないぞ。

「おい！　あっちで何か面白いことやっているみたいだぜ！」

「行ってみようぜ！」

世の中というものは、案外、何が起こるか分からないものである。

この物珍しさが話題を呼んだのだろう。

俺たちの出店は、学園祭が開始した直後から、それなりに繁盛《はんじょう》した。

「やあ。調子はどうだい？　アベルくん」

でだ。学園祭が始まってから四時間くらいが経過しただろうか。

暫く店の前の廊下《ろうか》で受付を担当していると、不審な人物に声をかけられる。

「なんの用だ。エマーソン」

「やだなぁ。そんな怖い顔をしないでおくれよ。今日は単なる客として来ただけだよ」

まったく、この男は面《つら》の皮が厚いにも程があるな。

この男を前にして警戒をするなというのが無理な相談である。

エマーソンは、色々な意味で油断のならない存在だ。

何を隠そうエマーソンは、以前に監視用の魔道具を開発しては、俺の周囲を嗅《か》ぎ回っていたことがあるからな。

過去にクロノス所属の魔術師たちをけしかけてきたり、テストの問題の難易度を不当に吊り上げたりと、その迷惑行為は数え切れないのである。

「生憎《あいにく》と今は満席でな。他を当たってくれないか?」

「ふふふ。それなら別に構わないよ。ちょうどアベルくんに話したいこともあったからね」

やんわりと断りを入れたものの、エマーソンは俺の隣の席に座ってくる。

厚かましい男だ。

まあ、優秀な魔術師とは得てして、良くも悪くも自己中心的な思考の持ち主が多いからな。

この男も例に漏れないタイプのようである。

「話というのはなんだ?」

「別に。大した用ではないのだけどね。今日の学園祭では面白いものが見られると思うからさ。途中で帰ったりしないでほしいんだよね」

「……随分と思わせぶりなことを言うのだな」

「ふふふ。楽しみは後に取っておいた方が良いだろう? 今の段階では、まだ詳細を教えられないな~。ただ、長年に渡るボクの研究の結論。現代魔術の新しい可能性を見ることができるとだけ言っておこうか」

ふうむ。何やら不穏な予感がするな。

純粋な戦闘力であればエマーソンは、俺にとって取るに足らない相手だろう。

全盛期には程遠い『子供の俺』の状態でも、まったく負ける気はしない。

だがしかし。

魔術師の能力というものは、何も単純な戦闘力だけで決まるわけではないのだ。

こと現代魔術、中でも『魔道具の開発』に関しては、この男は現段階の俺よりも遥《はる》かに先の

レベルに到達しているといえるだろう。

「それじゃあ、ボクはこの辺で。忠告はしておいたよ」

一方的に言いたいことを伝えたエマーソンは、満足そうに立ち去ろうとしてくる。

「待て」

「ん？　なんだい？」

「ちょうど席が空いたみたいだ。せっかくだし、俺たちの作ったパンケーキを食べていってもらおうか」

このままエマーソンのペースで終わらせるのは、少しだけ釈然としない気分である。

なんとなく、この男の言動が気になるところなので、俺たちの用意した余興《よきょう》に付き合ってもらうことにしよう。

「ふふふ。ボクは甘いものに目がなくてね。少し口うるさいかもしれないよ？　アベルくんの実力を試させてもらうとしようかな」

メガネのレンズを光らせたエマーソンは、余裕たっぷりな表情を浮かべていた。
さて。
客という名のターゲットを確保した後は、準備に取り掛かる時だ。
俺は教室の中の様子を覗《のぞ》くと、待機しているメンバーたちに指示を飛ばした。

（テッド。ザイル。今回の客に手加減はいらないぞ。本気でいけ）
（（合点了解《がってんりょうかい》！））

単なる学生たちの余興と思って侮《あなど》ってはならない。
今回の出店には、他でもない、この俺が力を貸しているわけだからな。
お化け屋敷のクオリティは、それ相応に高いものになっている。

「おや。この内装、普通のカフェではないみたいだね」

扉の奥に広がる光景を目にしたエマーソンは。少しだけ感心したように口を開く。

ふうむ。

どうやらエマーソンは、俺たちの出店のコンセプトが『お化けパンケーキ』という特殊なものであることを知らないようだ。

俺たちの出しものは、それなりに話題になっていたのだが……。

まぁ、学校行事に対しては、俺以上に関心がなかったようだからな。この男は。

考えてみれば、この状況はエマーソンに一泡《ひとあわ》を吹かせるチャンスかもしれないな。


「ククク。楽しみだよ。アベルくん。ボクをどこまで楽しませてくれるのかな」

「御託はいいから、早く入れ」

「うおっと」


俺は入口の前で立ち止まっているエマーソンの背中を押してやることにした。

よしっ。後は逃げられないよう内側からカギを閉めてしまえば、準備は完了である。


「な、なんだい。この部屋は！　真っ暗じゃないか！」

中に入ったエマーソンの戸惑いの声が聞こえてくる。

エマーソンよ。

お前は今、餓《う》えた獣たちを押し込めた檻《おり》の中に入ってしまったのだ。

この学園におけるエマーソンの好感度は、決して高いものではない。

そんな人間がこの中に入れば、日頃の鬱憤《うっぷん》晴らしのターゲットにされることは必至である。

「ウヴォアアアアアアアアアアアアアアアア！」

「ひぎいいいいいいいいいいいいいいいっ！」

どうやら配置していた生徒たちが動き出したようだな。

今日一日の経験を経て、連携力は無駄に上がっている。

彼らが本気を出せば、相手が大人であっても、それなりに驚かせることができそうであった。

「わっ！　な、なんだ！　これは！　そこにいるのは誰だ！　正体を現せ！」

生徒たちからの襲撃を受けたエマーソンは、何やら必死の形相《ぎょうそう》で訴えている。

「な、何をする！　来るな！　ボクはクロノスのメンバーだぞ‼」

むう。それにしてもエマーソンのやつ、流石《さすが》に良いリアクションを返しすぎではないだろうか。

最初は生徒たちに対してサービス精神を働かせている可能性も考えたが、この反応は本気のようにも思えてきたぞ。

「んぎゃああ！」

もしかしたら普段は理論派ぶっている人間ほど、オカルト的なものに弱かったりするのかもしれないな。

それから暫《しばら》くの間、教室の中にエマーソンの悲鳴が響くことになるのだった。

〜〜〜〜〜〜〜〜〜〜〜〜〜〜〜〜


それから。

慌ただしくも店の仕事を手伝っていると、いつの間にか学園祭は終盤に差し掛かっていた。

「お疲れ様〜」

「はぁ……。今日は色々と疲れたなぁ……」

「おいおい。何を言っているんだよ。学園祭の本番はここからだろ？」

生徒たちは、出店を閉めて『次』の準備に取り掛かっている。

午後からのメインイベントは、前々から話題に上がっていた『ダンスパーティー』である。

アースリア魔術学園の生徒だけでなく、学外の人間たちも招かれて行われるこのイベントは、毎年の秋の風物詩となっている。

更衣室の中で正装に着替えた学生たちは、それぞれ『大講堂』に向かって、歩みを進めていた。

さて。

俺はというと、集団の流れには従わず、その様子を学園の時計塔の上から、ジッと観察していた。

「……クラスの人たちと一緒に行動しなくて宜《よろ》しかったのですか?」

暫く様子を窺《うかが》っていると、背後から声をかけられる。

「ああ。生憎《あいにく》と少し、野暮用《やぼよう》ができてしまってな」

おそらく『奴ら』は、年に一度の学園が開放される、今日というタイミングを見計らって事前に計画をしていたのだろう。

生徒たちの中に紛《まぎ》れて、チラホラと不審な動きを見せる人間たちの姿があった。

「リリス。お前も気付いて、ここにいるのだろう?」

「…………」

否定も肯定もせずにリリスは、ただ、黙って俺の話を聞いていた。

やれやれ。面倒なことになったな。

おそらくエマーソンが言っていた『面白いこと』とやらが起きようとしているのだろうな。

事前に知っていたということは、多少なりとも今回の計画には、エマーソンのやつが関与しているのだろうな。


「少し、敵の数が多いようですね」


リリスの言う通りだ。

敵の数はザッと確認できる限りでも二十人くらいはいるだろうか。

ただでさえ目立つような行動を取りにくい学園の中だ。

こう数が多いと、俺一人では対処が難しいかもしれないな。

「生徒たちの安全の確保は私に任せて下さい。敵のボスは、アベル様が仕留められるのが最善かと……！」

奇《く》しくも、同じ意見だ。

敵の数を一人に絞《しぼ》ることができれば、俺も人目を避けて仕事を遂行《すいこう》することができるだろう。

おっと。

そうこうしているうちにダンスパーティーが始まったようだ。

大講堂の中から、弦楽器を用いた上品なメロディが流れてくる。

むう。

よくよく考えてみれば、エリザ、ノエルには悪いことをしてしまったな。

それぞれ二人からはダンスの相手として誘われていたのだが、色々と面倒事が重なり、肝心《かんじん》のイベントに参加することができなかった。

もしかしたら今頃は、大講堂の中で俺の姿を探しているのかもしれない。


「アベル様。せっかくの機会ですし、私たちも踊りませんか？」


んん？　いきなり突拍子もないことを言い始めたぞ。この女。

そんな呑気《のんき》なことをしている場合ではないことくらい、リリスも重々に理解しているはずなのだけれどな。

「……どちらにせよ敵が動くまで、私たちも手を出すことはできませんから。今は、この時間を楽しみましょう？」

「…………」

ふうむ。リリスの言葉にも一理あるか。

今回の敵は一般人に扮して、大講堂の中に紛れ込んでいるのだ。

その全てを見分けて、事前に敵の襲撃を防ぐのは、流石《さすが》の俺でも難しい。

俺たちが動くのは、敵が正体を見せて、会場がパニックに陥《おちい》った直後になるだろう。

「仕方がないな。一時的な退屈しのぎくらいにはなるか」

リリスの手を取った俺は、大講堂から流れるメロディに合わせて、ゆっくりとステップを刻んでいく。

むう。こうして一緒に並んでみると、否《いや》が応《おう》でも自分の体の成長を感じることができるな。

この世界に転生した直後は、俺の頭はちょうどリリスの胸あたりのところにあったはずだ。

だが、今は俺の方が、少しだけ目線が高い位置にあるようだ。

ここ数年の間に俺たちの身長は逆転したようである。

「ふふふ。たまには良いものですね。こうして二人で戯《たわむ》れてみるのも」

「……………」

たしかにリリスの言葉を強く否定する気にはなれないな。

誰もいない時計台の上でリリスと二人、舞い遊ぶ。

静かだ。

まるで時計が秒針を刻むのを止めているかのような瞬間がそこにあった。

けれども、楽しい時間というものは、いつの時代も、あっという間に過ぎ去ってしまうものだ。

「そろそろ準備をしておいた方が良さそうだな」

「残念ですが、そのようですね」

異変が起きたのは、俺たちがそんな他愛《たわい》のない会話を口にしていた直後のことであった。

ドガッ！

ドガガアアアン！

やれやれ。無粋《ぶすい》な爆発だな。

せっかく人が優雅な時間を楽しんでいたというのに礼儀《れいぎ》のない輩《やから》である。

大講堂から流れてくるメロディは止まり、代わりに聞こえてきたのは、恐怖におののく人々の悲鳴である。

「ここから先は別行動だな」

「ええ。アベル様。お気をつけて」

事態は一刻を争う事態となっている。

これ以上の無駄話をしている余裕はなさそうだ。

時計台を飛び降りた俺たちは、それぞれ別の方角に向けて、迅速《じんそく》に行動を開始するのだった。

第九話 テロリスト襲来

EPISODE 009

The reincarnation magician of the inferior eyes.

一方、その頃。

時刻は大講堂の中で、爆発が起こる三十分ほど前に遡《さかのぼ》る。

パーティー用のドレスに身を包んだエリザは、キョロキョロと周囲の様子を見渡しながら建物の中を歩いていた。


（アベル……。何処《どこ》にいるのよ……!?）


つい先程まではクラスメイトたちと一緒に、店番を手伝っていったはずなのだが、いつの間にかアベルはその姿を消した。

結局、アベルが誰をダンスのパートナーに選ぶかについては、有耶無耶《うやむや》の状態になってしまった。

だからこそエリザは、この、学園祭の当日に懸《か》けて準備を進めていたのだった。

（もしかして、二階にいるのかしら……？）

エリザが目を付けたのは、人の気配の少ない二階エリアであった。

ダンス会場となっている一階エリアは、既に多くの人で賑《にぎ》わっているようだが、二階のエリアはというと対照的に閑散《かんさん》としていた。

人目を嫌うアベルの性格を考えると、十分に可能性はあるだろう。

「…………？」

異変に気付いたのは、エルザが二階に繋《つな》がる階段を登ろうとした直後のことであった。

何処かで見覚えのある背中を発見する。

前を歩く、少女の様子が変だ。

階段を上る足には力がなく、今にも足を滑らせそうな感じであった。

「あれ……？」

エリザの予想は、的中した。

そうこうしているうちにバランスを崩した少女の体は、階段の下の方に向かって落下をしていく。

「危ない!?」

窮地《きゅうち》を察したエリザは、すかさず身体強化魔術を発動する。

脚力を強化して、移動速度を上げたエリザは、咄嗟《とっさ》に落ちてくる少女の体を受け止める。

「何をしているのよ……。貴方《あなた》……」

少女の顔を目にしたエリザは思わず、驚きの声を漏《も》らしてしまう。

「人、多すぎ。酔った……」

何故ならば――。
そこにいたのは、幼馴染《おさななじみ》、顔色を蒼白にしたノエルであったからだ。

〰〰〰〰〰〰〰〰〰〰

それから。
予想外のタイミングでノエルと合流したエリザは、人の少ない二階の角のテーブルからジッと華やかな一階の様子を眺めていた。

「で、どうして、貴方がここにいるのよ？」

一息を吐いたところでエリザは、先程から気になっていた疑問を口にした。
ドレスに着替えているということは、ノエルもまたダンスパーティーに参加する意思があるということなのだろう。
だがしかし。

もしも踊る気があるならば、今はパートナーと一緒にいなければ不自然である。

「……聞かないで。理由はたぶん同じだと思うから」

「…………」

そう。

ノエルが大講堂を訪れた理由は、有耶無耶《うやむや》になっていたアベルのダンスパートナーに立候補するためだったのだ。

慣れない人ゴミの中でアベルを探していたノエルは、すっかり体調を崩してしまった。

だからノエルは、二階に上がって休憩しようと考えたのである。

「はぁ……。どうしたらアベルに振り向いてもらえるのかなぁ……」

思わず、エリザの口からは弱気の言葉が零《こぼ》れてしまう。

どうやら自分たちのいる二階席は、ダンスのパートナーを見つけられなかった人間たちの溜まり場となっているらしい。

一階でダンスを楽しんでいる生徒たちとは対照的に、それぞれ『負のオーラ』を全身から放っているようであった。

「正直アタシ、自分の外見にはそれなりに自信があったのだけど……」


エリザには同年代の少女たちと比べて、自分の顔立ちは、美しい方だという自負があった。

目力があるというのは言わずもがな。

鼻筋は通っている上、顔の輪郭《りんかく》だって小さくて女性らしい。

少しだけ肉付きが良いところはコンプレックスとして、総合的に見たらスタイルだって悪くないはずである。


「……外見で競っても意味がない。アベルの眼はもっと先。遠くの方を見ているから」


弱音を吐くエリザを奮《ふる》い立たせるような意図で、ノエルは力強い言葉を吐く。

もちろん外見が良いに越したことはないだろう。

だが、それだけでアベルの心を摑《つか》めると考えるのは思い上がりも甚《はなは》だしい。

魔力。知力。体力。容姿。

全ての項目においてアベルは、同世代の男子と比べて飛び抜けたステータスを持っているのだ。

「アベルにはきっと、私たちには言えないような大きな秘密があると思う」

「…………!?」

ノエルの言葉を聞いたエリザは、ウンウンと大きく首を縦に振る。

アベルが所謂《いわゆる》『普通の学生』でないことは、エリザも薄々と勘づいていることであった。

そうでもなければ説明が付かない場面が多すぎる。

おそらくアースリア魔術学園に入学する前――。

いや、ひょっとすると、更にもっと前の段階から、アベルは他人に打ち明けることのできないような特殊な人生を歩んでいたのかもしれない。

「まずは秘密を打ち明けてくれるくらいに信頼されるようにならないと。恋人同士になるなんて夢のまた夢の話」

「…………」

ノエルの考えを聞いたエリザは、自らの短絡的な思考を恥じていた。

どうやら自分と違ってノエルは、長期的に物事を考えているようだ。

（そっか……。結局、アタシは自分のことしか考えていなかったんだ……）

恋は盲目とは、こういう状況のことを指すのだろう。

アベルに憧れる感情が先行して、いつの間にか自分の気持ちばかりを考えてしまっていた。

肝心《かんじん》の、アベルの視点、気持ちにまで考えが及んでいなかったのである。

「よーしっ！　アタシも頑張るぞー！」

ノエルの言葉を聞いたエリザは、自らの考えを改める。

「今年がダメでも、来年も、その次の年もチャンスはあるんだから！」

滅多《めった》なことでは他人に心を許さないアベルに異性として見てもらうのは、簡単なことではないだろう。
けれども、アースリア魔術学園では卒業まで五年の月日が残されているのだ。
長い目で見ればチャンスは数多く残されているはずである。

「ん。私も負けない」

エリザのヤル気に中《あ》てられたという理由もあるのだろう。
会話が盛り上がっているうちにノエルの体調もいつの間にか回復していた。

「うーん。それはそれとして。アベル、何処《どこ》に行ったんだろう？」

異変が起こったのは、エリザがそんな台詞《せりふ》を零した直後のことであった。

ドガッ！

ドガガアアアン！

耳をつんざくような衝撃音が二人の間を通り抜ける。

唐突《とうとつ》な出来事を前にして、会場にいた人間たちは、何が起きているのか状況を理解することができず呆然《ぼうぜん》と立ち尽くしていた。

会場に集まっていた、演奏隊の手が止まる。

心地の好い旋律の代わりに流れてきたのは、恐怖に怯《おび》える人々の悲鳴であった。

「動くな！　今から、この学園は我々ＡＭＯ《アンチ・マジカル・オーガニゼーション》が占拠する！」

混乱に乗じて、会場の中に現れたのは、白色の制服を身に纏《まと》った男たちであった。

（ＡＭＯ……？　どうしてアタシたちの学園に……？）

魔術学園に通う生徒たちの中にＡＭＯの名を知らない人間はいないだろう。

反魔術の理念を掲《かか》げるＡＭＯの歴史は古く、現在では様々な派閥《はばつ》が枝分かれして、各地に点在していることで知られていた。

「ふんっ。天下のアースリア魔術学園で騒ぎを起こそうなんて、命知らずも良いところだな！」

「おい！　やっちまおうぜ！」

この混乱の中で反撃の狼煙《のろし》を上げたのは、アースリア魔術学園に在籍する上級生たちであった。

魔術の勉強を始めて日が浅い一年生たちとは違って、上級生たちは、既に大人顔負けの魔術を会得《えとく》している人間も多く存在している。

「燃えろ！　火炎玉《ファイアーボール》！」

「吹き飛べ！　風列刃《ウインドエッジ》！」

不審者を排除するため上級生たちは、それぞれ魔術を発動する。

彼らはアースリア魔術学園の最上級生であり、常に成績上位をキープしてきた優等生だった。

自分の魔術の腕前には、相応の自信がある。

魔術の扱いにおいて、学外の人間に劣るはずがない。

だからこそ、テロリストたちに対しても強気に出ることができたのであった。

「氷旋風《アイスストーム》！」

「「…………!?」」

だがしかし。

学生たちの余裕は、テロリストたちの放った返しの魔術によって、一瞬で崩壊することになった。

「クソッ……！　なんだ！　この威力は!?」

「オレたちの魔術が、後だしで跳ね返されただと……!?」

魔術師同士の戦いにおいて『後手』に回るのは、相当なハンデを負うことになる。

それというのも魔術というものは、威力を高くしようとするほど発動までに時間がかかるものだからだ。

魔術の構築時間が限られる後手で敵の魔術を返す場合は、圧倒的な実力差が必要になってくるのである。

（どういうこと……⁉　先輩たちの魔術は、完璧《かんぺき》だったはずなのに……！）

エリザの眼から見て、上級生たちの使用した魔術は、これといって非の打ちどころのないものであった。

技術で押し負けたという風には思えない。

単純な魔術師としての力量で計るならば、テロリストよりも先輩たちの方が遥《はる》かに優れているようにすら見えた。

（あの魔道具に何か秘密があるということかしら……？）

となると、考えられる可能性は一つだけだ。

テロリストたちが所持している魔道具は、今まで見たことのないデザインをしていた。

高出力の魔術を発動している割には、やけに小型の形状だ。

魔術師としての力量ではなく、魔道具の性能で圧倒していたのだとしたら……？

エリザが抱いている違和感にも納得がいく。


「生意気な坊やたちには、お仕置きをしないとな～」

「「ひぃっ……！」」


先程までの強気な態度から一転。

自慢の魔術を返された上級生たちは、途端に弱腰になっているようであった。

「お、お願いだ！　助けてくれ！」

「嫌だね！　オレたちに刃向かった罰を受けやがれ！」

敵の魔術を目《ま》の当たりにして、完全に怖気《おじけ》づいてしまったのだろう。

周囲に集まった人間の中に上級生たちを助けようとするものはいなかった。

場の空気が変わったのは、テロリストたちの凶刃が生徒に迫ろうとした直後のことであった。

バリッ！

バリリリリリリリリリリリリイイイイイイイイイイイイイイイイイイイイイイイイイイイイイイイイイイイイイン！


突如として窓ガラスがヒビ割れて、建物の中に黒色の霧が侵入する。

まるで嵐の前に空を覆《おお》う雲のように巨大な黒色の物体は、瞬く間に大講堂の中を支配していくことになった。


「な、なんだよ……!?　アレは……？」

「おいっ！　こんなの予定になかったよな！　聞いてないぞ！」

建物の中に入ってきた黒色の霧は、テロリストたちの視界を遮《さえぎ》るようにして、動き始める。

（どういうこと……!?　アタシたちを助けてくれたの……!?）

突如として発生した黒色の霧は、まるで『意思を持った生物』のように生徒たちの逃走を手助けしているようだった。
自分たちを助けてくれた黒色の霧の正体は気になるが、とにかく今は一刻も早く、この場を離れることが先決だろう。

「ノエル。やることは分かっているわね？」
「ん。任せて」

状況の変化を読み取った二人は、素早く席を立って、大きな声を上げる。

「皆さん！　今のうちに逃げましょう！」
「こっちに避難通路があります！　慌てないで！」

テロリストたちを『黒色のモヤ』が抑えてくれている今が絶好の機会である。
会場に集まった人間たちの中でも誰より冷静に状況を分析した二人は、一階席にいる人間たちに指示を飛ばす。

「おい！　なんだか知らないが、チャンスじゃないか！」

「今はあの子たちの言葉を信じよう！」

二人の言葉が、窮地《きゅうち》を脱するきっかけになった。

阿鼻叫喚《あびきょうかん》が渦巻《うずま》く中、会場に集まった人々は、雪崩《なだれ》を打つようにして、続々と避難を開始するのだった。


〜〜〜〜〜〜〜〜〜〜〜〜〜〜〜〜〜〜〜〜〜〜〜〜〜


一方、時刻は大講堂の中で爆発が起こる十分ほど前に遡《さかのぼ》ることになる。

ここはアースリア魔術学園の中でも、一般の生徒たちが絶対に立ち入ることができない最上階のエリアである。

高度な結界魔術が幾重にも施《ほどこ》されたこのエリアは、政界の中心人物の他には、各学年の『主任クラス』しか立ち入ることのできない場所であった。

最上階フロアーの中でも一際《ひときわ》、豪華な作りの扉の先にアースリア魔術学園の『学長室』は存在していた。

「ふむ。今年も無事に始まったみたいじゃな」

大きな椅子《いす》に腰をかけながら、大講堂の中から流れてくる音楽に耳を傾ける老人がいた。

男の名前はミハイルという。

この学園のトップにして若い頃は、王国随一《ずいいち》の魔術師として名を馳《は》せたことのある使い手だった。

秀でた魔術師であるというだけではなく『勇者の血統』を持ったミハイルは、学園のシンボルとして国内外に強い影響力を持っていた。

「むっ……。この気配は……!?」

学長室の中でくつろいでいたミハイルは、突如として不穏な気配を感じた。

一流の魔術師としての実力を持つミハイルだからこそ気付けた微妙な空気の淀《よど》みだ。

もしかしたら『招かれざる客』が、この最上階エリアに侵入してきているのかもしれない。

自ら置かれた状況を理解したのは、そんなことを考えていた直後のことであった。

「失敬《しっけい》。邪魔をしておるぞ」

「…………!?」

背後から唐突《とうとつ》に声をかけられたことにより、ミハイルの背筋にゾワリと悪寒《おかん》が走る。

一体何故？

どうして侵入者に対して気付くことができなかったのか？

虚を衝《つ》かれることになったミハイルは、呆然《ぼうぜん》として立ち尽くしていた。

奇妙なことに学長室に繋《つな》がる唯一の扉は閉じられたままであった。

齢《よわい》七十歳を越えて、初めての経験であった。

侵入者の存在を認識するまで、その動きを感知することができないなんて――。

「貴様、何者じゃ……？」

更にミハイルを愕然《がくぜん》とさせたのは、侵入者の男が明らかに自分よりも『年上』だということ杖《つえ》をついて、腰の曲がったその男は、見るからに機敏に動くことが難しそうな体をしていた。

「ワシの名前は魔将軍ギルティナ！　かつて『黄昏《たそがれ》の魔王』の右腕と呼ばれた男よ！」

「…………!?」

黄昏の魔王の名前を聞いた途端、ミハイルの表情は益々《ますます》と険しいものになっていく。

「な、何故だ……。どうして魔族がウチの学園に……!?」

「知れたことよ！　勇者の血族は根絶やしにする！　我らが崇高《すうこう》たる野望のためにな！」

ミハイルが襲撃の場所に魔術学園を選んだ理由。

それはアースリア魔術学園には『勇者の血』を引いた人間が多く在籍していることを事前の調査で知っていたがためであった。

彼らを残しておけば、やがて訪れる魔族の繁栄《はんえい》の脅威《きょうい》となりかねない。

だからこそギルティナは、最初に脅威となりそうな芽を摘《つ》んでおこうと企《たくら》んでいたのであった。

た。

「破《ハ》ァ！」

高らかに叫んだギルティナは、魔術の構築を開始する。

ギルティナの杖から飛んでいったのは、今までに見たことがない闇の魔術であった。

「風迅盾《ウインドシールド》！」

窮地を察したミハイルは、咄嗟《とっさ》に防御魔術を発動する。

風の勇者ロイの血筋を持ったミハイルは、碧眼《へきがん》属性の魔術において、国内最高峰《さいこうほう》の実力を誇っていた。

敵が魔族であっても、関係がない。

勇者の血を引いた自分が渾身《こんしん》の魔術を発動すれば、対等に渡り合うことができるだろう。

少なくとも、ミハイルは、今この瞬間まではそんな風に考えていた。

「なっ――!?」


ところが、次の瞬間、目の前で起きた出来事は、ミハイルを愕然とさせた。

自信を持って発動したはずの《風迅盾》がまるで通用しない。

ミハイルの作った《風迅盾》は、長年培《つちか》ってきた魔術師としてのプライドと共に粉々に打ち砕《くだ》かれた。


「クッ――!?」


防御魔術が通用しないのであれば、残された手段は逃走のみである。

足元に風の魔術を纏《まと》わせたミハイルは、学長室の出口に向かって、素早く移動を開始する。

風属性の魔術を得意とする魔術師にとって、移動スピードは生命線だ。

一般的に風属性の魔術は、火、水と比べて殺傷能力が低いとされている。

その差を埋めるのは、風属性の魔術を用いた《移動術》に他ならない。

翡翠眼《ひすいがん》を持った魔術師たちは、自らの機動力に対して絶対的なプライドを持っている場合が多いのだ。

（この老い耄《おいぼ》れに残された最後の使命じゃ……。一刻も早く、この非常事態を外に知らせなければ……！）

学園の中に魔族が侵入してきたというだけでも、前代未聞の非常事態だというのに、《黄昏の魔王》に関係するものとあれば、猶更《なおさら》に急を要する事件である。

全魔力を移動に集中させたミハイルは、部屋の扉に向かって駆け抜ける。

「おっと。そうはさせんぞ」

「――――ッ!?」

気付くと回り込まれて、退路を塞《ふさ》がれていた。

（こ、これほどまでなのか！　人間と魔族の力の差というのは！）

頼りの綱《つな》の機動力すらも封じられたミハイルは、更なる絶望の淵《ふち》に追い込まれることになった。

たしかに、たしかに、だ。

ミハイルが魔術師としての全盛期は、今より遠い過去の話である。

齢《よわい》七十歳を迎えるミカエルは、既に体力、魔力と共に衰退の一途を辿《たど》っていた。

だが、それは相手も同じ条件のはずである。

敵対する相手の肉体年齢は、優に九十歳を越えているだろう。

肉体の衰えという意味では、目の前の相手の方が遥《はる》かに深刻なようにも見えていた。

(弱い……。弱すぎる……！　まさかワシの仕込んだ『人類弱体化計画』がこうも上手《うま》くいくとはのう……！)

一方のギルティナは、絶望するミハイルとは対照的に邪悪な笑みを零《こぼ》していた。

百年以上の歳月をかけた気の長い計画であったが、どうやら事前に想定していた以上の効果を上げていたようだ。

実のところ、ギルティナが主動になって活動していたＡＭＯの活動には、人類を弱体化させる目的も存在していたのだ。

魔術に対して『戦争の道具』というレッテルを張り、人間同士の対立を煽《あお》り続けたことが功を奏したのだろう。
現代の魔術師たちの戦闘能力は、二〇〇年前と比べて、著《いちじる》しく低下していた。
古式魔術に関する魔導書を全て焼き払って、後世に魔術のノウハウが伝わるのを阻止《そし》したのも全て、ギルティナが指示してのことであったのだ。

「甘いわっ！」
「ぐふっ！」

ギルティナから重い一撃を受けたミハイルは、勢い良く床の上を転がった。
素早く体勢を立て直したミハイルは、生徒たちを守ろうという一心で、なんとか立ち上がろうと試みる。

「ガハッ……」

だが、ミハイルの体は既に魔族と対等に戦えるほど若くはなかった。

志《こころざし》半ばで力が尽き果て、そのまま地に伏せた。

（ふんっ。他愛《たわい》のない。あまりに弱すぎるというのも考えものじゃわい！）

もしかしたら今日に至るまで自分は、人間という生物を過大に評価し過ぎていたのかもしれない。

目の前の男が立ち上がってくる気配はまるでない。

どうしようもなく脆弱《ぜいじゃく》で、歯ごたえのない敵であった。

こうして『魔王の意志を継ぐ男』と『勇者の血を継いだ男』の戦いは、あっけなく幕を下ろした。

「さて。残る勇者の血縁者は二人か……！」

火の勇者マリアの子孫と水の勇者デイトナの子孫が、学園に通っていることは確認済みであった。

だが、この二人は、脅威となる可能性はゼロに等しい。

それというのも彼女たちは、学生の身分に過ぎず、魔術師として未熟なことを知っていたからだ。
これからの戦闘は、今まで以上に一方的なものになりそうである。
異変に気付いたのは、ギルティナがそんなことを考えていた直後のことであった。

「――――ッ⁉」

突如として人間の気配。
疑問に思ったギルティナは驚きのあまり、その場に呆然《ぼうぜん》と立ち尽くした。

「失礼。邪魔しているぞ」

何故ならば――。
そこにいたのは琥珀《こはく》色の眼を持った少年の姿であったからである。

「なんじゃい……。このガキ……！」

一体どこから部屋の中に入ってきたのか？
奇妙なことに学長室に繋《つな》がる唯一の扉は閉じられたままである。
（ありえるはずがない……！　このワシが人間ごときに後れを取ることなど……！）
敵の姿を認識するまで、まったく相手の動きを感知することができなかった。
いや、無論不可能なことではないのだ。
先程、自分が使った手とまったく同じことをすれば成立する。
敵に気付かれずに部屋の中に入り、何事もなく扉を閉める。それだけのことだ。
だが、だからこそ腑《ふ》に落ちない。
何故ならば――。
本来この技は、天と地ほどの実力差がないと成立しないものだからだ。

第十話

EPISODE 010

VSメカバース

The reincarnation magician of the inferior eyes.

それから。

時計台から飛び降りた俺が向かったのは、普段あまり訪れる機会のない学園の最上階であった。

俺が追っているのは、敵のボスと思《おぼ》しき、邪悪な魔族の気配である。

どうやら敵のボスは大講堂の中で起きている混乱に乗じて、学長室の中に侵入するつもりらしい。

むう。

この魔力の気配は、どこか懐かしい感じがするな。

具体的にいうと、風の勇者ロイのものとそっくりである。

そういえばウチのトップの学園長は、風の勇者ロイの血を引いた子孫だったな。

どうやら俺が到着する前から戦闘が起きているらしい。

敵が戦闘している隙《すき》に学長室の中に入った俺は、その場で様子を窺《うかが》ってみることにした。

「なんじゃい……。このガキ……！」

俺の存在に気付いた魔族は、開口一番、吐き捨てるように呟《つぶや》いた。

随分《ずいぶん》と年老いた魔族だな。

これほど老化の進んだ魔族を見るのは初めてのような気がする。

それというのも好戦的な性格をした魔族は、人間のみならず、同族同士でも戦争が絶えず、寿命《じゅみょう》を迎える前に命を落とすのが普通なのだ。

ふうむ。

そういえば昔、《宵闇の骸《カオス・レイド》》時代に俺に戦闘のイロハを教えてくれたグリム先輩は『年老いた魔族を見かけたら老い耄れではなく、生き残りと思え』と言っていたな。

だからというわけではないが、今回の敵はそれなりに警戒していた方が良さそうである。

「破《ハ》ァ！」

魔族の男の攻撃。

高らかに叫んだ男は持っている杖《つえ》から魔術の弾丸を発射する。

この魔族、魔道具を使うのか。

年老いて弱った魔力を補《おぎな》う意図があるのだろうか？　戦闘で魔道具を用いる魔族に出会ったのは初めてである。


「なっ——!?」

俺は敵の魔術を回避すると、敵に素早く敵に打撃攻撃を叩き込んでいく。

「クッ……！　このガキ……！　一体、何者……!?」


ふうむ。

多少は警戒していたが、それほど特別に強いわけではないようだな。

俺が今まで戦ってきた魔族と比較して、その実力は『中の上』から『上の下』といったところだろうか。

魔族の男は暫《しばら》く杖を使って攻撃をガードしていたようだが、徐々にスピードを上げていくと対応ができなくなっているようだった。

俺は身を守ることで、手一杯という様子の男に向かって、渾身《こんしん》の一撃を食らわせる。

「しまっ……!」

狙いは敵が大事そうに抱えている魔道具だ。

確実に敵を仕留めるためには、まずは相手の攻撃手段を無力化してやるのが定石《じょうせき》というものだろう。

「ガハッ……!」

捕まえた。

敵を追いつめた俺は、そのまま魔族の首を絞《し》め上げた。

魔道具に頼る魔術師に共通する弱点だ。

手にしている武器を弾いてやれば、途端に戦闘能力が激減するだろう。

無論、簡単に殺すつもりはない。

裁きを下すのは、学園を襲撃した目的、その他、もろもろの事情について洗いざらい吐いてもらってからでも遅くはないだろう。

「ふふ。ぐふふふ」

だがしかし。

絶体絶命の状況にもかかわらず、どういうわけか男は余裕の表情を崩そうとしていなかった。

「死にさらせ！」

「――――!?」

次に男が取った行動は、俺にとっても少し予想外のものであった。

高らかに叫んだ男は、身に着けていた手袋を取った。

むう。

この男、義手だったのか。

どうやら敵の義手は、魔道具としての機能を備えているようである。

迂闊《うかつ》だった。

つまり、杖の魔道具は、敵の裏をかくためのダミーということだったのだろう。

一般的に言われている『現代魔術師は、武器さえ奪えば優位に立てる』というセオリーを逆手に取った戦術というわけか。


「破ァ！」


高らかに叫んだ魔族の男は、再び魔術の構築を開始する。

迅《はや》いな。

既存の魔道具であれば、これほどまでの速度と威力を両立するのは不可能だろう。

不意を衝《つ》かれたことにより、俺も少し余裕がなくなった。

仕方がない。

本当は色々と情報を引き出しておきたいところだったのだけどな。

他にも色々と敵が『奥の手』を持っている可能性を考えると、早めに決着をつけておいた方が良さそうである。

「────ッ⁉」

俺は敵の攻撃を寸前のタイミングで回避すると、そのまま敵の首を弾き飛ばしてやることにした。

部屋の中に鮮やかな血がほとばしる。

男の首に残線が走り、首から上が分離されていく。

「なっ……⁉」

自らの敗北を悟った時、男は驚愕《きょうがく》の表情を浮かべていた。

「バ、バカな……。このワシが……。人間のガキに敗れるじゃと……⁉」

むう。これだけダメージを与えても、まだ喋《しゃべ》れるだけの体力が残っているのか。

この男、魔族の中でも相当タフなタイプのようである。

「その金色に輝く眼……！　貴様……！　伝説の魔術師、金色《こんじき》の黒猫か！」

ふうむ。この男、前世の俺を知っているのか。

金色の黒猫というのは、二〇〇年前の時代にあった通り名の一つである。

俺の持つ琥珀眼《こはくがん》は、強力な魔術を発動した後に淡く発光する特異体質が存在していたのだ。

迂闊だったな。

本気で魔術を使ったばかりに正体がバレてしまったというわけか。

「そうか……！　合点《がてん》がいったぞ。月光のナビルを消したのもお前の仕業《しわざ》か！　黒猫！」

ふうむ。月光のナビルか。

そういえば以前に戦ったことがあったな。
Ａ　Ｍ　Ｏ《アンチ・マジカル・オーガニゼーション》という謎の組織に所属していたナビルという男は、以前にテッドの兄、バースを半魔族の状態にして俺にけしかけてきたことがあったのだ。

「ワシの顔を覚えておるか！　魔将軍ギルティナ！　この額の傷は二〇〇年前、貴様に付けられたものじゃ！」

むう。頼んでもいないのに情報を教えてくれるとは親切な男だな。

名前を聞いて思い出した。

この男はたしか、二〇〇年前の時代、《黄昏《たそがれ》の魔王》の側近として仕えていた男だな。

前に会った時も高齢の魔族であったが、二〇〇年の時を経て、益々《ますます》と年老いた感じがする。

「この恨み、はらさでおくべきか！　殺す！　殺してやる！」

ふうむ。強い言葉を吐いているようだが、生首一つの状態で凄《すご》まれても迫力に欠けてしまうな。

異変が起こったのは、俺がそんなことを考えていた直後のことであった。

ここより遥《はる》か上空。

東南の方角より、何やら邪悪な魔力の気配を感じた。

「やれぇい！　バースよ！」


魔族の男が叫んだ次の瞬間。

窓ガラスを突き破って、何やら不審な人物が現れる。


「イェス。マイマスター」


次に視界に入ったのは、俺にとって完全に想定外のものであった。

これだけの衝撃を受けるのは、随分《ずいぶん》と久しぶりな気がする。

おいおい。誰かと思ったら、ボンボン貴族（兄）、バースじゃないか……。

数日振りに再会することになったバースは、人間離れした異様な風貌《ふうぼう》をしていた。

左手には義手。右眼には義眼。

驚くべきことに背中からは機械の羽を生やして、高精度の飛行能力を身につけているようだ。

以前に戦ったバースのことを『闇堕《やみお》ちバース』と表すのであれば、今回のものは『メカバース』といったところだろうか。

この男は昔から、良くも悪くも、俺の想定していない行動を取ってくるな。

「ヒャハハハハ！　死ねえ！　風列波刃《ソニックブーム》！」

バースの攻撃。
高らかに叫んだバースは、左手の義手から風の魔術で作った刃を放出する。
ふうむ。
これほどの威力の魔術を無詠唱《むえいしょう》に近い状態で構築するとは、普通のことではないな。
先程、戦ったギルティナが使用していた魔道具に関しても同様だ。
通常の魔道具では考えられないほどの高速、高威力の魔術を両立している。

シュパッ！
シュババババババババババババ！

まったく、厄介《やっかい》だな。
素早く攻撃を回避してやると、近くの壁がスッパリと切断されて、天井が崩れて、野晒《のざら》しの状態になった。

「風列連弾《ウインドブレット》！」

バースの攻撃は止まらない。
おそらく最初の一撃は、空からの視界を確保するためのものだったのだろう。
今回の攻撃は、先程よりも、更に威力が上がっているようだ。
この弾幕の濃さを考えると、攻撃を回避するのは難しそうだな。

「風迅盾《ウインドシールド》！」

敵が攻撃魔術を防ぐ場合は、こちらも同じ属性の魔術を使って、相殺《そうさい》を狙うのがセオリーだ。
そう考えた俺は風属性の魔術を使って、身を守ることにした。

「――――ッ!?」

異変が起こったのは、俺が防御魔術を発動した直後のことであった。

俺としたことが、魔術が不発だと……？
何処《どこ》かで魔術構文《ソース》に欠陥《バグ》が発生したのだろうか。
いや、今まで何百、何千回と構築してきた魔術だ。
俺に限って、こんな初歩的な魔術を失敗するとは考えにくい。
だとしたら考えられる可能性は一つだ。
あの男、バースが何かを仕掛けてきたのか。

「フハハハ！　死ねえええ！　劣等眼！」

威力のある風の弾丸が息を吐く間もなく俺に降り注ぐ。
致命傷を回避するのがやっとで、全ての攻撃を捌《さば》き切ることができなかった。
口の中に血の味が広がる。
やれやれ。
もしかしたら実に二〇〇年振りになるかもしれないな。
この俺が他の魔術師からの攻撃をモロに受けることになるとは……。

「クハハハ！　やった！　やったぞぉ！　ボクの魔術が、お前に一撃与えてやったんだ！」

俺にダメージを与えることに成功したバースは、宙に浮いたまま小躍りをして、喜んでいるようであった。

ふむ。

不可解な状況だが、とりあえず今はそれについて考えるのは後回しだ。

何はともあれ優先しないといけないのは、俺自身の平静を取り戻すことだろう。

魔術師同士の戦闘において『初撃を受ける』ということは、敗北に直結する事態を意味することになる。

それというのも魔術というものは『平静な状態』で構築しなければ、精度と威力が激減することになるからだ。

「治癒《ヒール》」

敵魔術の射線を切るために瓦礫《がれき》の下に移動して、すかさず回復魔術を発動する。

まったく、この俺が後手に回る日が来ることになろうとは……。

並みの魔術師であれば、この時点で、勝負の行く末は絶望的といってよい。

だが、俺にとっては、十分にリカバリーが可能な範囲である。

窮地《きゅうち》に追い込まれた時でも回復の魔術に関しては、精度を落とさないように特殊な訓練を受けていたからな。


「おっと。回復をしようとしても無駄だぞ」

「…………⁉」


これは……また同じパターンか……⁉

完璧《かんぺき》に発動したはずの俺の魔術が、不発のままに瓦解《がかい》するのだ。

一度だけならいざ知らず、この俺が二度も魔術を失敗することは考えにくい。

となると、怪しいのはバースの右眼にはめ込まれた義眼か。

あの眼が光ったタイミングで、俺の魔術が無効化されていた。


「ふふふ。キミも気付いたようだね。《マジック・キャンセラー》。キミを倒すためにマスターから授かった特別な魔道具さ！」

聞いたことのない名前だな。

だが、敵の使用している魔道具の仕組みについては想像することができる。

相手の構築した魔術を分析して、逆となる構文を送り込んで、一瞬で相手の魔術を無力化する技術を《反証魔術》という。

あの《マジック・キャンセラー》とかいう道具が《反証魔術》を発動させることに特化したものであれば、俺の魔術が全て不発に終わることにも納得がいく。


「フハハハ！　遅い！　遅いぞ！　劣等眼！」


バースの攻撃。

バースは空中を四方八方に飛び回って、俺に風の魔術を浴びせにかかる。

厳しい状況ではあるが、避けられない攻撃ではない。

身体強化魔術発動――《脚力強化》。

魔術で機動力を強化した俺は、敵の魔術を回避することにした。

「フハハハ！　無駄無駄！　分析完了！　マジック・キャンセラー！」

「…………!?」

バースが叫んだ次の瞬間、不意に全身から力が抜けていくのが分かった。

参ったな。

本当に厄介《やっかい》な能力である。

あの義眼の魔道具、身体強化魔術まで無効にしてくるのか。

攻撃魔術も、回復魔術も、身体強化魔術も封じられてしまうと流石《さすが》の俺でも取れる選択肢《せんたくし》が限られてくるぞ。

「クカカカ！　見たか！　黒猫！　これが、《R魔道具》の力よ！」

俺たちの戦闘を目にしていたギルティナは、生首の状態のまま満足そうに高笑いをしていた。

R《リンク》魔道具か。初めて聞く名前だな。

『今の段階では、まだ詳細を教えられないな〜。ただ、長年に渡るボクの研究の結論。現代魔術の新しい可能性を見ることができるといっておこうか』

その時、俺の脳裏《のうり》に浮かんだのは、前にエマーソンから受けた言葉であった。

ふうむ。おそらく『R魔道具』とは、エマーソンが開発に関わっていた完全新型の魔道具なのだろう。

厄介なのは、右眼に仕込んだ義眼だけではない。

左手の義手の魔道具も、従来の魔道具とはケタ違いの性能をしている。

一刻も早く敵の戦略について理解しなければ、状況は不利になる一方だろう。


「お前さえ！　お前さえいなければ！　ボクの人生は、全て上手《うま》くいったんだあああああああああああああああああああああああああああああ！」


バースの戦闘技術そのものは拙《つたな》いものだ。

敵の攻撃のタイミングを見切れば、この生身の肉体でも対応することは可能である。

だがしかし。

今の俺は身体強化魔術を発動できない上に肉体は相当のダメージを負っている。

状況は互角といいたいところだが、少し希望的な観測が過ぎるような気がするな。
客観的に判断すると、相当に俺が不利な状況なのは認めざるを得ないだろう。

「フハハハ！　勝てるぞ！　勝てるんだ！」

なかなか勝負の決着が付かないことに痺《しび》れを切らしたのだろう。
高笑いを始めたバースは、直接、拳で戦う選択をしたようだ。
機械で肉体を改造した効果が現れているのだろう。
バースの動きは二〇〇年前の一流魔術師たちと比べても、遜色《そんしょく》のないものであった。

「終わりだあああああああああ！　劣等眼！」

勝利を確信したバースは、全力の拳を俺に向かって振りかざす。
やれやれ。
ギリギリのタイミング、といったところかな。
最後の最後に勝利の女神は、俺に微笑《ほほえ》んだようである。

「んなっ……!?」

間一髪《かんいっぱつ》のところで、身体強化魔術の発動が間に合った。

全力の拳を受け止められたバースは、愕然《がくぜん》とした表情を浮かべているようであった。

「ど、どうしてお前が魔術を使えるんだよぉ!?」

バースからすれば、不思議で仕方がない状況なのだろうな。

今までバースが俺と互角に渡り合えていたのは、俺の持つ全ての魔術を封じることに成功していたからである。

まともに戦えば、機械の体を駆使したとしても、自分が不利なことはバースも理解しているのだろう。

「クッ……!」

異変に気付いたバースは、一旦、距離を取って、魔術を使った攻撃に切り替えたようである。

だがしかし。

義手の魔道具を使って、魔術を構築しようとするバースであったが、そこで違和感に気付いたようだ。


「なっ……！　魔術が発動しないだと……!?」


魔術の構築に失敗したバースは絶望の表情を浮かべている。

見事なまでの、意趣返《いしゆがえ》しが成功したな。

バースよ。

今度はお前が魔術を使用できない苦しみを味わう番である。


「バ、バカな……。ボクの体は完璧《かんぺき》なんだ……。誰にも負けるはずがないんだ……」


ふうむ。勝利を目前に逃したことが、よほどショックだったのだろうか。

窮地《きゆうち》に追い込まれたバースは、現実逃避をしているようであった。

「歯を食いしばれ。バース」

機械で肉体を強化しているとはいえ、それ以外の部分に関しては素人《しろうと》同然である。

こちらからの反撃は一発あれば十分だ。

正常に魔術が使えるようになれば、俺がバースに後れを取ることはありえないだろう。

「ぐぎゃああ！」

俺の拳を受けたバースは、地面の上を転がり回る。

バース……。

敵ながら大したやつだったな。

子供時代に一回。魔族に魂を売り一回。機械で肉体を改造して一回。

都度《つど》三回も俺に挑んできた男は、二〇〇〇年前の時代にもいなかった。

その諦めの悪さ、執念に関しては、この俺から見ても、認めざるをえない才能ということもできそうだ。

「バ、バカな……。こんなことはありえんぞ……！」


ふうむ。ここにも敗北を認められない男がいたようだな。

生首状態のまま戦闘を観戦していたギルティナが何やら喚《わめ》き散らしている。

バースの使用している魔道具は、従来の常識では考えられないような高出力のものであった。

使用できる魔術も多岐《たき》に渡り、中には《反証魔術》を連続で使用できるようなものもあった。


何故、そのようなことができるのか？


最初のヒントは『R魔道具』という名前であった。

この魔道具は遠隔で、他の魔道具と繋《つな》がっているのだ。

何処《どこ》かに『超大型の高性能魔道具』を配置して、その力を利用しているのであれば、様々な説明が付く。

種が分かれば、対処するのは容易である。

後は、相手の魔術を解析して、『魔道具同士の繋がり』を妨害してやれば、途端に相手は無防備な状態を晒《さら》すことになるのだ。

まあ、これに関しては俺だからこそできる、成立した対処法であって、並みの魔術師が相手ならば、反撃の隙《すき》なく一方的に蹂躙《じゅうりん》することができただろうけどな。

「ウグッ……。グッ……。待て……！　ワシを殺すと後悔《こうかい》することになるぞ！」

変わり身の早い男だ。

先程までの強気な態度から一転。

状況が不利だと悟ると否《いな》や、ギルティナは命乞《いのちご》いを始めた。

ふうむ。

たった今、思い出した。

この男、二〇〇年前の時代にも、魔王軍の形勢が悪くなるや否《いな》や、真っ先に逃げ出した男だったな。

魔王に対して忠誠心が厚そうに振る舞ってはいるが、己の保身ばかりを優先して考える臆病者に過ぎないのだ。

「そうじゃ！　ワシを見逃してくれるのならば、Ｒ魔道具の設計図をくれてやろう！　どうじゃ！　魔術を探究する者としては、垂涎《すいぜん》の代物《しろもの》じゃろう！」

ふうむ。たしかにそれは少し興味をそそられるな。

一時的とはいえ、この俺をここまで追い込んだＲ魔道具は、これから世界に大きな変化をもたらすことになるかもしれない。

Ｒ魔道具で使っている基本的なシステムは、戦闘以外の分野でも、様々な技術に転用することもできそうだ。

だがしかし。

これに関しては『別のアテ』があるからな。

信用のできない魔族に頼る必要は何処にもないだろう。

「最後に何か言い残したいことはあるか？」

「ま、待て！　話せば分かる！　種族こそ違えど、人間と魔族は互いに分かり合えるはずじゃ！」

「黙れ」

これ以上は会話を続けるだけ無駄というものだろう。

ギルティナの頭部を摑《つか》んだ俺は、そのまま灼眼《しやくがん》属性の魔術を発動してやることにした。

「ひぃ！　熱い！　止めろぉ！　何が目的だ！　金か！　女か！　欲しいものは全てくれてやる！　だから、命だけは許してくれえええええええええええええええ！」

最後の最後まで口うるさい男である。

一口に魔族といっても、その存在は一枚岩ではない。

リリスのように、人間と共存を望んで慎《つつ》ましく生きている魔族もいれば、ギルティナのように、いつの日か人間たちを追い落とすために牙を研《と》いでいる魔族もいる。

この男は、間違いなく後者だ。

ＡＭＯという組織が何かときな臭《くさ》い動きを見せていたのは、裏でギルティナのような魔族が手を引いていたからなのだろう。

「ぐぎゃああ！」

ギルティナの断末魔《だんまつま》の叫びが学園の中に響き渡る。

いかに生命力の高い魔族であっても、頭部を切断されて炎に包まれれば、ひとたまりもなかったようである。

肉は焼け落ち、最終的に俺の掌《てのひら》に残ったのは、灰色にくすんだ白骨だけであった。

ふうむ。

何はともあれ、これで諸悪の根源を断つことはできたかな。

こうして突如として学園の事件は、一応の幕を閉じることになるのだった。

〜〜〜〜〜〜〜〜〜〜〜〜〜〜〜〜〜

無事に敵たちを返り討《う》ちにできたまでは良かったのだが、さしあたって一つ、悩ましい問題

でだ。

があった。

バースのことだ。

どういう風に後始末を付けるのが妥当《だとう》なのだろうか？

色々と面倒な問題は、記憶改変の魔術でどうにかするとして、機械に置き換えられたバースの体が厄介《やっかい》である。

どうにかして元に戻しておかないと、日常生活に戻ることが困難になってしまうだろう。

「うおおおおおおおおおおおおおおおお！　し、師匠《ししょう》！　何があったんスか⁉」

むう。ちょうど良いところにちょうど良い人物が現れたようである。

大方、バースの声を聞いて心配で駆けつけてきたのだろう。

戦いが終わった後、息を切らしながら駆けつけたのは、弟テッドであった。

むう。この状況、果たしてどういう風に説明するべきなのだろうか。

今現在、俺の目の前に広がる光景を端的に説明するならば、めちゃくちゃに散乱した部屋、白目を剝《む》いて倒れている学園長、首から上が消失した魔族の男、力尽きたメカバース（仮）の姿である。

「…………!?」

あんぐりと口を開いたテッドは、暫《しばら》く何処《どこ》に対して、ツッコミを入れるべきか悩んでいるようだった。

「に、兄ちゃんが！　兄ちゃんが機械の体になってしまったッスうう!?」

ふうむ。

やはり一番に気になったのは、そこだったか。

冷静になって考えてみると、機械の体に改造されたバースの姿は、なかなかにシュールなものがあった。

「なあ。テッド。バースの体を元に戻すためにお前の協力が必要だ。手伝ってくれるか？」

欠損した肉体を修復するのは、通常の治癒《ちゆ》とは違って、桁違《けたちが》いの難易度になる。

魔術の世界では『無』から『有』を生み出すことはできないとされているからな。

相応の『対価』を支払わないことには、バースの肉体を修復することは難しいだろう。


「そ、そりゃあ、もちろん！　自分にできることがあるならなんでも協力するッスよ！」


よし。言質《げんち》は取ったな。

これで後から文句を言われる筋合いは何処にもなくなった。

テッドから了承を得た俺は、すかさず風の魔術を発動する。


「風列刃《ウインドエッジ》」


ターゲットとなるのは、モコモコと膨《ふく》らんで暑苦しかったテッドの髪の毛である。

人間の肉体を作るのに特別な素材は必要ない。

水分60パーセント、タンパク質20パーセント、脂質《ししつ》15パーセント、その他の成分が少量ずつ。

何処にでも存在する、ありふれた素材から調達することが可能なのだ。

だがしかし。

ここで重要となってくるのは、遺伝子の情報だ。

適当に作った腕を無理やり接合しても、肉体は１００パーセント拒絶反応を起こすことになるのだ。

「んぎゃあああ！」

風の魔術によって自慢の髪の毛を引き裂かれたテッドは、今までに聞いたことのない悲鳴を上げた。

許せ。テッドよ。

これも全て、バースの体を元に戻すために必要なことなのだ。

黒眼属性の魔術を発動した俺は、バースの新しい肉体を生成していく。

「よし。できたぞ」

素材として使ったのは、近くにあった植木鉢《うえきばち》の中の土と植物、水槽《すいそう》の中の水、ギルティナの死体。

最後に隠し味として、テッドの髪の毛を入れている。

「……まあ、こんなものだろう」

機械の体を取り外して、新しく作ったパーツに置き換える。

後は治癒魔術を用いて、接合してやれば、元通りの外見に戻すことができるというわけだ。

出来合いの素材を使った肉体なので、不安は残る部分はあるが、サービスでやっていることなので文句を言わせる筋合いは何処にもない。

もしも何かトラブルが発生した場合、追々調整していけば良いだろう。

「ううう……。自分の髪の毛が！　ゆるふわウェーブのトレンドが……」

テッドのやつは何やら未練がましく嘆《なげ》いているようだが、ここに関しては触れないでおくことにしよう。

バースは元の人間らしい肉体に戻れて、テッドは元のショートカットに戻ることができる。

今回の件に関しては、双方がウィンウィンの関係で終わる結果になったといえるだろう。


～～～～～～～～～～～～～


一方、その頃。

時刻はアベルがバースと戦闘を終えてから、一時間ほど後。


「カイン様。報告にございます」


ここは、アベルたちの住んでいる『ミッドガルド』から遥《はる》か東南に二〇〇〇キロメートル以上、離れた場所にあるオストラ諸島である。

この島は、ごくごく最近まで魔族が人間たちを支配している、数少ない地域であった。

数百年に渡り、魔族たちが統治してきたこの地域は、原住民である人間たちと魔族の間で争いが絶えることがない。

強力な魔族たちが増え、現代において、数少ない場所として知られていた。

「キミの言いたいことは分かるよ。アヤネ」

さて。この島には現在、新しく『魔王』として君臨する一人の男が誕生していた。

驚くことに彼は魔族ではなく、人間であった。

男の名前はカインといった。

二〇〇年前、《黄昏《たそがれ》の魔王》を討伐《とうばつ》した勇者パーティーである《偉大なる四賢人》に数えられる人物である。

カインは、灰眼《はいがん》の魔術のエキスパートだ。

灰眼系統の魔術に限っていえば、アベルすらも凌《しの》ぐ才能を有している。

肉体の修復、強化、果ては改造に至るまで、広範囲に効果を発揮する灰色の眼は、琥珀眼《こはくがん》を除いた五大眼の中では最強と称される眼であった。

「アベル先輩がギルティナを倒したみたいだね」

「ええ。私の式神《しきがみ》が戦闘の様子を記録しています。御覧になりますか?」

「大丈夫。その必要はないよ。あの男にはボクの眼の一つを移植してあるからね」

「…………」

灰眼の魔術を極《きわ》めたカインの力を以《もっ》てすれば、他者に気付かれることなく、自分の眼を移植することが可能であった。

カインが移植した眼の数は、既に数千個にも上ることになる。

政治家、王族、魔族、研究者。

この世界のありとあらゆる重要人物は、カインの監視下の元に置かれている。

今となっては彼に知りえない情報など、この世の中には存在しない。

「……もう少し様子を見てからいこうと思っていたのだけど、待ちきれないや」

僅《わず》かに頰《ほお》を緩《ゆる》ませたカインは、上機嫌に言葉を弾ませる。

「次はこのボクが直接、先輩に挨拶《あいさつ》に行こうかな」

再会を果たせば実に二〇〇年ぶりのことになるだろう。

普段の感情が希薄な雰囲気《ふんいき》から一転。
薄暗い闇の中で白髪の人物は、少年のようにあどけない笑顔を浮かべるのだった。

エピローグ

EPILOGUE

将来の進路

それからのことを話そうと思う。

突如として学園を襲ったテロ事件から二週間の時が過ぎた。

あれからというもの、俺は普段とさして変わらない日常を送っている。


【腐敗した権力！　ＡＭＯ《アンチ・マジカル・オーガニゼーション》の中枢部《ちゅうすうぶ》に魔族の関与か！】


偶然、立ち寄った店には、そんな見出しの新聞が並んでいる。

ここ最近、巷《ちまた》を賑《にぎ》わせているのは、ＡＭＯに関連するニュースだ。

長年に渡り、この世界で存在感を示してきた巨大組織のスキャンダルは、瞬く間に世間を騒がせることになった。

一体、いつから？

どのような目的で魔族が関与していたのか？

メディアたちは荒唐無稽《こうとうむけい》な陰謀論《いんぼうろん》を交えた様々な憶測を口にしている。

長年に渡り隠されていた闇の部分が明るみに出た以上、近いうちにこの組織にはメスが入ることになるだろう。


～～～～～～～～～～～～～～～


さて。

今日はというと、テロ事件を受けて、暫《しばら》く休学となっていた学園が再開する日である。

俺たちを取り巻く環境は、また一つ、『いつもの日常』を取り戻したというわけだ。

季節は秋の終盤。

人々は夏の暑さを忘れて、少しずつ来る冬に向けての準備を始めている。

どこからかパチパチと炎が爆《は》ぜる音が聞こえてくる。

誰かが地面に落ちている枯れ葉を使って、焚火《たきび》でもしているのだろう。

竜のシンボルが飾られた校門をくぐり抜け、学園の中に足を踏み入れる。
ただし、俺が向かった先は、いつもの教室ではない。
今日はというと『とある人物』と会う予定になっているのだ。

「やあ。アベルくん。そろそろ来てくれる頃じゃないかと思っていたよ」

俺が向かったのは、学園地下にあるエマーソンの研究室であった。
妙だな。
以前に訪れた時は、それなりに厳重に結界を張っていたのだが、今日は不気味なほどに無防備であった。

「今回もボクの負け。完敗さ」

俺の眼を見るなり、エマーソンは何かを諦めたかのような態度で、ドッシリとソファに腰を落とす。

「キミの目的は、分かっている。ボクを消しに来たのだろう?」

んん?　この男は一体、何を言っているのだろうか?
俺の中にそんな気持ちは微塵《みじん》もないのだけどな。

「いいさ。一思いに殺《や》りなよ。ボクはそれだけのことをキミにしてきたのだからね」

どうやらエマーソンは、何か致命的な勘違いをしているようだ。
たしかに、たしかに、だ。
今まで俺が受けてきたエマーソンからの迷惑行為は計り知れない。
具体的には遠隔操作の監視用魔道具を用いて、ストーカー紛《まが》いの迷惑行為をしてきたり、クロノスの刺客《しかく》をけしかけてきたり――。
思い出すのも嫌になるほどに散々な目に遭《あ》わされてきた。

「安心しろ。今回は別件だ。R魔道具《リンク》について幾つか尋ねたいことがあってな」

「…………!?」

R魔道具の存在は、俺にとっても興味のあるテーマであった。
この新しい魔道具は、従来の魔道具にあった幾つかの欠点を改良した画期的なものである。
俺の予想が正しければ、そう遠くない未来、従来型の魔道具は駆逐《くちく》されて、R魔道具に置き換わっていくことになるだろう。

「ふふふ。アレは素晴らしい！　実に素晴らしいものだよ！」

目をギラつかせたエマーソンは、鼻息を荒くして声を張り上げる。
何やら研究者としてのスイッチが入ってしまったようである。

「R魔道具は、ボクが開発した《マザー》という超大型の魔術基盤とリンクさせていることに特徴があるんだ。ボクはこれをグラウンドシステムと呼んでいる。全ての魔術がマザーを介して、地続きに繋《つな》がる。そういう意味を込めて、命名したのさ。従来の魔道具では、実現できなかった超高出力の魔術も実現できるんだよ！　どうだい？　凄《すご》いだろう？　ユーザーからのフィードバックを受けて《マザー》を改良していけば、繋がっている全ての魔道具をアップデートすることができる。実に効率的さ。このシステムが定着すれば、マネタイズの方法も従来のフロー式から、ストック式に切り替わっていくだろうね。つまり売上が安定するということさ。魔道具を販売する企業の側からしても、実に理に適《かな》ったシステムなんだよ。ユーザー・開発者・企業、それぞれの視点から見てもメリットを享受《きょうじゅ》できる三方良しのシステムだからね。いずれはこのR魔道具が時代のスタンダードになるはずだとボクは睨《にら》んでいるわけだよ」

ふうむ。何やら、とんでもない早口で解説を始めたぞ。この男。

しかし、大まかにだが、R魔道具の仕様を把握《はあく》することができた。

持ち運びを前提としている従来の魔道具は、どうしても搭載《とうさい》できる魔術式の容量に限界があった。

威力を抑えた単純な魔術しか発動することができない。

同時に搭載できる魔術は片手で数えられるくらいの量が限界である。

良くも悪くも、インスタントな魔術しか発動できないというのが、俺の中での魔道具に対する印象であった。

だが、今回の新型は『巨大な高性能の魔道具と遠隔で繋げる』という発想によって、この欠点を克服している。

この手法を使えば、現代魔術は、様々な応用力を手にすることができるだろう。

たしかに古式魔術には、古式魔術の利点があるのだが、現代魔術の進歩は目覚ましいものがある。

将来的にこの世界で、完全に古式魔術が必要なくなる。

少し物寂しいような気もするが、そんな時代がいつの日か、訪れる時が来るのかもしれないな。

「おっと。すまない。一方的に話してしまったかな。アベルくんがボクの専門領域に興味を持ってくれたのが嬉しくてね」

なるほど。

どうして俺が今までエマーソンのことを消さずに泳がせていたのか、自分でもその理由が分かってきたような気がする。

この男は、少し俺に似ているのだ。

たしかに敵対行為を繰り返してはいるものの、この男が俺に向けている感情は他の敵対者たちのものとは毛色が違う。

純粋な『研究者としての興味』だ。

だからこそ俺にとってエマーソンは、どこか憎めない存在になっていたのだろう。

さて。

以前から保留になっていた『今後の進路』についても、朧気《おぼろげ》ながらも定まってきたような気がするな。

元々、前世の二〇〇年前の時代で『古式魔術』については、誰よりも極めていたのだ。

今回の人生では『現代魔術』を極《きわ》めてみるのも悪くはないかもしれない。

この男のように『魔道具の開発者』という道を志《こころざ》せば、残りの人生の暇つぶしくらいにはなりそうだ。


「今度、お前の研究所《ラボ》に案内しろ。お茶くらいは奢《おご》ってやる」


あまり認めたくはないことだが、現段階での『現代魔術』の知識については、俺はエマーソンに劣っているといわざるを得ないだろう。

効率的に『現代魔術』について学ぶことを考えるのであれば、暫くはエマーソンから教えを乞《こ》うのが良さそうである。

「――――ッ⁉　アアアッ！」

んん？　これは一体どういうことだろうか？

俺の誘いを受けたエマーソンは、何やら気色の悪い声を漏《も》らして、恍惚《こうこつ》とした表情を浮かべているようであった。

「ああ……。いいよ……。アベルくん。キミは凄く良い。一体、どこまでボクを気持ち良くしてくれれば気が済むんだ……！」

本当にコイツの元で現代魔術のことを学んでも大丈夫なのだろうか？

常軌を逸した気持ちの悪さを見せるエマーソンの様子を前にした俺は、そんな不安を抱くのだった。

あとがき

柑橘《かんきつ》ゆすらです。

おかげさまで6巻を出すことができました。

あとがきから先に読んでしまう読者の方には、ネタバレになる内容が含まれているので注意です。

今回の話は文化祭&バースとの再戦がメインの話になっています。

実をいうと、今回出てくるメカバースくんのプランは、1巻を書いていた時から頭の中にあったものでした。

僕は諦めの悪い人間が好きです。

バースには何回も再戦の機会を与えてやろうかなぁと、1巻を書いていた時から考えていました。

1巻では生身の状態で戦っていたのが、どんどん強化していく感じです。

結果、3巻では闇堕《やみお》ちバース、6巻でメカバースというキャラが誕生しました(笑)。

果たしてバースくんに幸せが訪れる日がくるのか、それは作者にも分からないところです。歪《いびつ》な目的であっても、バースくんの努力が報われる日が来ると良いなぁ、なんてことを考えながら書いていました。


さて。読者の皆様のおかげで、劣等眼シリーズの売上部数は累計90万部に到達することができました。

おそらく次の巻で累計100万部を突破することができそうです。

やはりキリも良いですし、100万部、という数字は感慨《かんがい》深い。なんというか『やってやった感』が凄《すご》いです。

コミックの方は当分、続く予定ですが、小説の方はクライマックス、そろそろ締めに入ろうかな、と考えています。

個人的に小説を未完のまま放り投げることに対して凄くトラウマがあって(過去に一度だけやってしまったことがあった)、作者とシリーズに体力のあるうちに完結に向かって物語を進めていきたいという想いが強いです。

読者の皆様もできれば最後までついてきてくれると嬉しいです。

それでは是非《ぜひ》とも次の巻で会いましょう。

柑橘ゆすら

この作品の感想をお寄せください。

あて先　〒101-8050　東京都千代田区一ツ橋2-5-10
集英社　ダッシュエックス文庫編集部　気付
柑橘ゆすら先生　ミユキルリア先生

ダッシュエックス文庫

劣等眼の転生魔術師6
～虐げられた元勇者は未来の世界を余裕で生き抜く～

柑橘ゆすら

2021年12月28日　第1刷発行

★定価はカバーに表示してあります

発行者　瓶子吉久
発行所　株式会社　集英社
〒101−8050　東京都千代田区一ツ橋2−5−10
03(3230)6229(編集)
03(3230)6393(販売／書店専用) 03(3230)6080(読者係)
印刷所　株式会社美松堂／中央精版印刷株式会社

ISBN978-4-08-631449-7 C0193

最強×転生
The strongest
×
The reincarnation
最強の魔術師が、異世界で無双する!!
超規格外学園魔術ファンタジー!!
劣等眼の転生魔術師
～虐げられた元勇者は未来の世界を余裕で生き抜く～
柑橘ゆすら
illustration
ミユキルリア
The reincarnation
magician of
the inferior eyes.

STORY

生まれ持った眼の色によって能力が決められる世界で、圧倒的な力を持った天才魔術師がいた。
男の名前はアベル。強力すぎる能力ゆえ、仲間たちにすらうとまれたアベルは、理想の世界を求めて、遥か未来に魂を転生させる。
しかし、未来の世界では何故かアベルの持つ至高の目が『劣等眼』と呼ばれ、バカにされるようになっていた！　ボンボン貴族に絡まれ、謂れのない差別を受けるアベル。だが、文明の発達により魔術師の能力が著しく衰えた未来の世界では、アベルの持つ『琥珀眼』は人間の理解を超える超規格外の力を秘めていた！
過去からやってきた最強の英雄は、自由気ままに未来の魔術師たちの常識をぶち壊していく！

シリーズ累計90万部突破！

原作小説1～6巻大好評発売中！

集英社ダッシュエックス文庫

ジャンプ＋でコミカライズも連載中！

コミックス①～⑧巻大好評発売中！

漫画でもアベルが異世界無双!!

隔週日曜日更新予定

原作／柑橘ゆずら　今すぐアクセス！
漫画／峠比呂　コンテ／猫箱ようたろ
キャラクターデザイン／ミユキルリア

魔術師
~虐げられた最強の孤児が
異世界で無双する~
最強の魔術師はいかにして
最強に至ったのか――
ニコニコ漫画
で
水曜日はまったり
ダッシュエックスコミック
大好評連載中!

劣等眼の転生
原作 柑橘ゆすら
漫画 稍日向
キャラクター原案 ミユキルリア
200年前のアベルと
勇者パーティの出会いを描く
スピンオフ前日譚!
1～3巻
大好評
発売中!
vol.1
原作 柑橘ゆすら
漫画 稍日向
劣等眼の転生魔術師
vol.2
劣等眼の転生魔術師
3
原作 柑橘ゆすら 漫画 稍日向
劣等眼の転生魔術師

異世界で無双する!!
シリーズ累計
60万部
突破!!